DETALJERNA

DETALJERNA
by Ia Genberg

Copyright © 2022 by Ia Genberg
All rights reserved.

Korean Translation Copyright © 2025 by Munhakdongne Publishing Corp.
The Korean language edition is published by arrangement with
Salomonsson Agency through MOMO Agency, Seoul.

이 책의 한국어판 저작권은 모모 에이전시를 통해
Salomonsson Agency와 독점 계약한 (주)문학동네에 있습니다.
저작권법에 의해 한국 내에서 보호를 받는 저작물이므로
무단 전재 및 무단 복제를 금합니다.

DETALJERNA
IA GENBERG

기억의 순간들

이아 옌베리
장편소설

우아름
옮김

문학동네

일러두기

1. 번역 대본으로는 The Details(Ia Genberg(Author)/Kira Josefsson(Translator), HarperVia, 2024)를 사용했다.
2. 주석은 모두 옮긴이주이다.
3. 본문 중 고딕체는 원서에서 이탤릭체로 강조한 부분이다.

차례

요한나
7

니키
45

알레한드로
111

비르기테
157

옮긴이의 말
193

요한나

바이러스에 감염된 지 며칠이 지나 고열에 시달리면서, 나는 특정 소설을 다시 읽고 싶은 강력한 욕구에 사로잡힌다. 침대에 앉아 책을 펼치고 나서야 그 이유를 깨닫는다. 속표지에는 파란 볼펜으로 쓴 특유의 글씨체로 아래와 같은 구절이 적혀 있다.

1996년 5월 29일
빨리 낫길 바랄게.
퓌라 크노프에 크레이프랑 사과주 있더라.

다시 같이 갈 날을 기다리고 있어.
키스를 전하며(입술이면 더 좋겠지),
요한나

그때 내가 앓던 병은 말라리아였다. 세렝게티 경계 근처의 한 텐트에서 동아프리카 말라리아 모기에 물려 감염되었고, 몇 주 후 집으로 돌아오고부터 앓기 시작했다. 내가 입원했던 후딕스발의 병원에서는 모든 수치가 비정상적으로 높은 이유를 한동안 알아내지 못하다가, 마침내 병명이 밝혀지자 모든 의사가 이 이국적인 질병에 고통받는 여자를 직접 보려고 줄을 섰다. 이마 안쪽에서 불이 나는 듯했고, 입원해 있는 동안 매일같이 평생 처음 겪어보는 두통과 내 숨소리에 새벽부터 잠이 깼다. 탄자니아에서 돌아오자마자 헬싱란드로 가서 임종을 앞둔 할아버지를 뵈려고 했는데 도리어 내가 아파서 죽을 뻔했다. 일주일 넘게 입원해 있었고, 웁살라에서 간 조직검사를 받은 후 구급차로 헤게르스텐의 우리집에 돌아와 침실에 웅크리고 누워 있을 때 요한나가 이 소설을 건넸다. 검사 결과는 기억나지 않지만—

그해 여름이 어땠는지 별로 기억이 없다―우리가 함께 살던 그 집과 그 책, 그리고 요한나는 잊지 못한다. 소설의 내용은 열과 두통 속에서 사라지고 뒤엉켰으며, 그렇게 뒤섞인 가운데 자리한 실낱 하나가 현재에 닿은 것이다. 병의 고통과 공포에 자극받아 깨어난 감정의 핏줄. 그것이 오늘 오후 그 소설을 꼭 찾아야 할 것만 같은 압박을 주며 나를 책꽂이로 이끌고 있다. 무자비한 열과 두통, 감은 눈 안에서 소용돌이치는 불안한 생각, 임박한 고통의 속삭임. 이 모든 게 이미 겪어본 익숙한 상황이다. 효과 없는 진통제의 빈 포장과 마셔도 갈증을 해소해주지 못하는 탄산수의 빈병들이 침대 옆 바닥에 나뒹군다. 눈을 감는 순간 장면들이 펼쳐진다. 건조한 사막의 말발굽, 침묵의 유령들로 가득한 어둡고 축축한 지하실, 아무 형상도 경계도 없는 몸뚱이와 내게 고함치는 거대한 울림소리. 어릴 때부터 악몽에 등장하는 단골 메뉴에 이제는 질병으로 인한 죽음과 파멸이라는 양념이 더해졌다.

  문학은 나와 요한나가 가장 즐기는 놀이였다. 과거와 현재를 넘나들며 다양한 장르의 책과 작가, 주제, 시기, 지역,

작품을 논했다. 취향이 비슷한 듯해도 의견이 갈릴 때가 있어 늘 흥미로운 대화였다. 동의하지 않는 부분도 있었고(조이스 캐럴 오츠, 찰스 부코우스키), 둘 다 아무런 감흥을 받지 못할 때도 있었고(네이딘 고디머, 판타지 장르), 둘 다 푹 빠질 때도 있었다(클라스 외스테르그렌, 에위빈드 욘손의 크릴론 3부작, 도리스 레싱). 요한나가 책을 읽는 속도를 보면 그 책을 어떻게 생각하는지 알 수 있었다. 속도가 빠르면(밀란 쿤데라, 모든 범죄소설) 지루해서 빨리 끝을 보려고 서두른다는 뜻이고, 속도가 너무 느리면(『양철북』, 모든 SF) 지루하기는 마찬가진데 빨리 읽히지 않는다는 뜻이다. 요한나는 책을 읽기 시작했으면 끝내는 게 의무라고 여겼다. 학업, 과제, 맡았던 일을 모두 마치는 것과 같은 맥락이었다. 가망이 없어 보인다 할지라도 주어진 일에 일종의 경의를 표하는 순종적 근성이 내면 깊이 자리하고 있었다. 하기로 마음먹은 일에 전념하는 확고함과 창의력을 가진 부모님에게서 물려받은 것임이 틀림없었다. 어떻게든 완료해야 아무런 부담 없이 미래로 나아가 '새출발'이라는 것을 할 수 있다고 했다. 요한나의 세상에서 삶은 한 방향으로 흘러

갔다. 앞으로, 오직 앞으로. 그게 우리의 차이점이었다. 나는 중대한 일을 끝마친 적이 별로 없다. 프레스뷔론 편의점에서 일 년간 일하다 여러 대학 과정에 지원했지만, 본격적으로 작가의 길에 접어들기 전까지 전부 중도에 포기하거나 기한 없이 미루기만 했다. 게다가 전업으로 글을 쓰기로 다짐한 때조차도 스스로 설계한 길을 성공적으로 따르지 못하고 아스푸덴이나 멜라르회이덴, 미솜마르크란센, 악셀스베리*를 어슬렁거리며 시간을 보냈다. 당시만 해도 이런 도시 외곽 동네의 오토바이 클럽과 문신 시술소, 선베드가 놓인 어두운 비디오 가게에서는 여전히 음침한 활동이 성행하고 있었다. 지하철역은 꿉꿉하고 더러웠다. 이곳에는 온갖 부류가 공존했다. 서류가방을 들고 출근하는 화이트칼라 직장인들, 상업지구에 저렴한 작업실을 임대한 예술가들, 경찰이 정기적으로 급습하는 마약 소굴의 약쟁이들, 가죽만 남은 모습으로 마을 광장에 앉아 병맥주를 마시며 하루를 보내는 노인들까지. 모두가 구불구불 이어지는 주요 도로를

---

* 모두 스톡홀름의 구역명이다.

따라 줄지어 서 있는 3층짜리 건물에 살고 있었다. 천장이 낮은 1층에는 외국 향신료를 파는 가게나 내부를 온통 갈색으로 꾸민 작은 식당들이 자리했다. 나는 그런 식당의 한구석에 앉아 앞에 놓인 플라스틱 쟁반 위에 다 먹은 빈 접시를 둔 채 잔에 남아 있는 맥주를 비우며 이른 오후 그곳을 찾은 다른 손님들을 관찰하곤 했다. 식탁 위에는 신중하게 고른 펜과 공책도 놓여 있었지만 거의 사용하지 않았다. 의지가 확고해 보였을지는 몰라도 그렇지 않았고, 침대 옆 탁자에는 읽다가 중간쯤 포기해버린 책이 항상 한두 권쯤 있었다. 나는 떨칠 수 없을 만큼 강력한 끌림이 있는 책을 좋아했다. 다른 일들에도 대체로 그런 식이었기에 내 인생에 의무랄 것은 별로, 어쩌면 너무 없다시피 할 정도였다. 사실 의무가 생길 때마다 대부분 즉시 밀어냈다. 이런 태도로는 '새출발'의 여지가 없으니, 내 안에 존재하는 이 선천적 나태함이 아마 요한나에게는 어려움으로 느껴질 수밖에 없었으리라고 짐작해본다. 요한나의 속도와 적극성에는 나 역시 속도를 더하고 결과를 내게 하는 무언가가 있었다. 어쩌면 그런 면 때문에 내가 우리 관계에서 안정을 느꼈는지도 모른다. 나라는 사람을 시작한 이상 요한나는 포기하지 않을 것이다. 아무데도 가지 않고, 나를 떠나고픈 그 어떤 충동에도 굴하지 않을 것이다. 나는 마음놓고 나를 맡겼다. 요한나는 정말이지 철저하고 애정이 넘치고 의리도 깊었다. 그런 사람에게 헤어진다는 생각이 떠오르기는 할까? 아니라고 생각했다. 아니. 절대로.

지금 내 손에 있는 책은 『뉴욕 3부작』이다. 폴 오스터는 꽉 막힌 듯하지만 민첩하고, 한없이 단순하면서도 복잡하고, 망상적인 동시에 냉철하며, 단어 사이가 하늘처럼 탁 트여 있는 글을 쓴다. 그 점에 대해서는 요한나와 나 모두 동의했다. 그리고 몇 주 후 열이 가라앉자, 나는 결점을 찾을 요량으로 그 책을 다시 읽기 시작했다. 이제는 뻔한 부분을 간파할 수 있다거나 지루함을 느끼진 않을까 하는 마음이었지만 단 한 군데도 거슬리는 부분을 찾지 못했고, 이어서 읽은 『달의 궁전』에도 예전처럼 매료되었다. 내가 글을 읽을 때나 쓸 때나 오스터는 나의 나침반이 되었다. 나중에 그 이름을 잊고 살면서 신간이 나와도 사지 않게 된 후까지도 여전히 그랬다. 그 독창적인 단순함은 내 이상향이 되어 처음에는 그의 이름과 연결되었다가 나중에는 그 자체로 계속 남아 있었다. 어떤 책들은 구체적인 내용과 제목이 기억에서 지워지고도 한참이 지나도록 뼛속에 남는 법이다. 마침내 처음으로 브루클린을 방문했을 때, 나는 마치 당연하다는 듯 가장 먼저 그의 주소부터 찾아갔다. 새로운 천 년으로 접어든 지 몇 년이 지난 후였고, 요한나는 다른 사람을 만나 갑작스럽고도 잔인하게, 냉정하기 그지없이 나를 떠난 지 오래였다. 폴 오스터와 시리 허스트베트가 함께 살며 책을 쓰던 브라운스톤 건물의 층계를 바라보던 그때, 나는 근처 카페에서 내 딸과 팬케이크를 먹고 있는 남자와 꽤 오랜 기간 관계를 이어오고 있었다. 파크슬로프에 서 있자니 겹겹이 포개진 시간의 주름 때문에 요한나가 바로 옆에 있는 듯 느껴졌고, 아주 나중에야 이해하게 될, 요한나가 했던 우연에 관한 이야기가 들렸고, 그래서 둘이 함께 꼭대기 층 창문 커튼 뒤의 인기척을 봤다고도 생각하게 되었다.

　지금의 이 고열처럼, 당시 앓은 말라리아는 내 몸에 일종의 무한성을 일깨우며 영원히 자리잡은 것처럼 느껴졌다. 우리는 '인도적 지원의 세계'라는, 아주 광범위한 영역을 다루는 세계에서 일하던 요한나의 친구 둘을 만나러 아프리카로 여행을 떠났었다. 두 주나 같이 있었지만 대체 두 사람이 무슨 일을 하는지 도무지 이해할 수가 없었다. 한 명은 어느 단체를 위한 영화를 만들고 있었고 그 영화는 어느 학회에서 상영될 예정이라고 했는데, 그 학회가 열릴지, 그 영화가 완성될지는 확실하지 않았으며, 다른 한 명은 카메라 삼각대를 들고 따라다니는 일 말고 특별히 무언가를 더 하는 것 같지 않았다. 그들은 거기서 삼 개월을 머물고 남쪽으로 내려갈 예정이라고 했다. 세렝게티 경계 밖에 텐트를 치고 잔 그날이 거기서 보낸 마지막 밤이었다. 모기장 하나를 같이 썼으면서도 우리 중 누구도 나를 문 모기를 보지 못했다. 집에 돌아오는 비행기 안에서 가려움이 느껴져 팔꿈치를 보니 물린 자국이 셋 있었다. 요한나는 괜찮았다. 열이 지속된 기간은 정확히 따지자면 이삼 주 정도였고 길어야 사 주였지만, 몇 달은 앓아누워 있던 기분이었다. 요한나는 내 이마를 닦아주고, 광장의 빵집에서 군것질거리도 사다 주었다. 입맛을 잃은 내가 먹기 적당한 한 입 거리들이었다. 골반이 도드라질 정도가 되자 말로는 걱정스럽다고 했지만, 속으로는 은근히 흥미로워하고 있는 게 티가 났다. 크림을 넣은 수프도 끓여서 오븐에 구운 빵과 함께 가져다주었다. 덩어리째 올린 커다란 버터가 빵에 스며 있었다. 나는 그 모든 게 고마웠다. 음식도, 선물도, 시적인 문구를 멋지게 적어준 책들도. 요한나는 테뷔 지역의 화목한 중상류층 가정 출신이었고, 그 집안에서는 중요한 날이든 아니든 선물을 근사하게 포장해 리본을 묶고 멋진 카드까지 끼워서 주곤 했다. 점심식사 자리에서 아무렇지 않게 건네는 간단한 것이라도, 그런 선물에는 특별한 의미가 담겨 있었다. 요한나의 세상에서 선물이란 단순히 그 내용물과 포장만은 아니었다. 뜻밖의 놀라움과 적절한 타이밍, 과거의 기억과 어쩌면 함께하게 될 미래를 암시하는 요소 또한 담겨 있었다. 각각의 선물은 우리만의 추억과 눈짓, 암묵적 정보로 엮인 망에 둘러싸인 것이었다. 시간이 흐르며 이렇게 쌓인 선물들은 부담이 되었다. 난 그만큼 해줄 수 없어서였다. 내가 받은 선물은 너무 많고, 너무 비싸고, 앞날에 대한 너무 큰 기대를 담고 있었다. 무엇보다 요한나는 내게 없는 안목을 갖췄다. 박물관 기념품점에서도 완벽한 손목시계를 찾아냈고, 문 닫기 직전의 극장에서 영화 〈모니카와의 여름Sommaren med Monika〉 포스터가 인쇄된 쟁반을 구했다. 나는 아직 그 두 가지를 모두 갖고 있다. 아이들이 쟁반 속 모니카가 누구인지, 모니카와 흑백의 여름을 함께 보낸 사람은 누구인지 물어보기도 했다. 손목시계는 이제 시곗줄도 없이 고장난 채로 세면도구함에 들어 있지만, 지금까지 그만큼 좋은 시계는 찾지 못했다. 요한나가 잔인하게 떠난 후, 나는 선물의 일부는 버리고 일부는 나중에 마음이 가라앉으면 정리할 생각으로 다락 서재에 옮겨두었다. 선물의 금전적 가치는 생각하지도 않았다. 우리는 돈 얘기를 하지 않았다. 요한나는 나나 다른 친구들처럼 학자금 대출을 받지 않고(우리는 대학 시절 언론학 수업에서 만났다) 부모님이 정기적으로 돈을 채워넣는 계좌에 연결된 비자 카드를 사용했다. 열여섯에 집을 떠나 독립하고 대학교를 몇 번이나 중퇴한 나로서는 모든 지출에 다른 예산의 희생이 뒤따랐다. 함께했던 시절에는 나도 책이며 소형 카메라, 모조 실크로 된 실내용 가운, 당시에는 유명했지만 지금은 기억에서 사라진 어느 만화가의 그림을 넣은 액자 등을 선물했지만, 그중 책을 제외한 다른 물건을 요한나가 간직하지는 않았을 것 같다. 내가 주는 선물, 내가 하는 베풂의 행위는 나의 부족함을 느끼게 했다. 그러지 않으려 해도 가격 차이를 의식하게 되었고, 요한나와 비교했을 때 그 횟수도 현저히 모자랐기 때문이었다. 요한나와 비교하면 나는 투박했다. 갑자기 돈에 얽매이게 되고 천부적으로 감각이 부족하다는 게 어떤 의미인지 깨달았다. 그러나 이런 것들은 대체로 함께했던 삶의 덤불 속에 숨어 있었고, 우리가 이런 이야기를 한 적은 없다. 어쩌면 요한나가 선물을 주는 방식이 다소 폭력적이었는지도 모른다. 식탁 너머로 네모난 상자(비대칭 모양의 은 펜던트가 달린 목걸이)를 건넬 때마다, 거실 한가운데 커다란 깜짝 선물(크로스컨트리 스케이트 장비)을 놓아둘 때마다, 새로 나온 책(트란스트뢰메르의 『슬픔의 곤돌라 Sorgegondolen』)을 포장해 내 베개 위에 올려둘 때마다, 집에 오는 길에 군나르손 빵집에서 산 빵 상자를 내 얼굴 앞에서 흔들어 보인 후 식탁 위의 찻잔 사이에 올려둘 때마다 요한나는 우월함을 확인하는 듯 의기양양했다. 자기 쪽에서는 부담 없이 베풀 수 있는 인심 정도지만 나는 절대 그만큼 할 수 없다는 걸 알고 있었으니, 요한나는 티 안 나게 유리한 위치에 있었다. 내가 돈이 떨어지면 요한나가 냉장고를 채우고 식자재를 비축했는데, 치즈는 시장의 치즈 가게에서, 주스는 직접 짠 생과일주스로, 커피는 린네가탄가街의 전문 상점에서 즉석에서 갈아 갈색 종이봉투에 담아왔다. 어느 순간, 아마도 우리 사이가 끝난 직후, 이런 생각이 들었다. 제도적 폭력이란 건 이런 게 아닐까 하는. 선물이란 어때야 하는지, 어디서 사야 하고 어떻게 전달해야 하는지를 무의식적으로 알려주는 행위. 바지, 페스토, 컴퓨터, 프라이팬을 살 때는 내가 늘 그랬듯 제일 싼 걸 사는 게 아니라 제일 좋은 걸 사야 한다는 걸 가르치는 행위 말이다. 그로부터 한두 해가 지난 후에야 나는 선물에 폭력이 숨어 있을지도 모른다는 이 생각은 실연이 촉발한 상상의 단편이고, 헤어진 후 원망에 불타는 마음이 빚어낸 결과였다는 걸 깨달았다. 요한나는 그 무엇도 아닌 오직 선의만으로 내게 『뉴욕 3부작』을 선물했고, 거기 적힌 문구 속 키스에는(내 입술이면 더 좋겠다고 했던) 속표지에 파란 잉크로 표현할 수 있는 최대의 진정성이 담겨 있었다.

열이 날 때의 독서는 복권처럼 그 결과를 알 수 없어서 책의 내용이 기억할 수 없이 사라지기도, 순식간에 변하는 체온 때문에 우연히 생긴 틈 사이로 깊이 파고들기도 한다. 『뉴욕 3부작』 역시 그렇게 설명할 수 없는 방식으로 나를 움직였고, 이십오 년 가까이가 지나 그때와는 전혀 다른 고열이 눈 안쪽에서 타오르는 오늘 그 책을 다시 꺼내게 했다. 전혀 다른 고열이라고 표현했지만 사실 열은 다 똑같은 열이라 악몽도 똑같고, 괴로움도 똑같다. 열이 나면 시간이 포개지는 듯한 느낌을 종종 받는데, 그럼 어느새 이십사 년 전의 내 곁에 서 있곤 한다. 이성을 잃게 하는 열의 온도는 39도지만 그리 멀지 않은 38도쯤에 정신이 명확해지는 골짜기가 있어 그곳에서는 그럭저럭 일상생활이 가능하다. 긴장이 풀리고 과거 인물들의 등장이 허용되는 영역이긴 해도 유령의 형태로는 아니다. 38도는 생명을 유지하는 신체적 능력이 영향을 받지 않으면서도, 또렷한 정신으로 주변을 의식하는 사회적 존재가 되고픈 마음은 사그라드는 온도다. 한 무리의 개처럼 다리 사이를 슬금슬금 맴도는 과거를 견딜 수 있다면 그 골짜기에 빠져 무력감을 느끼는 것도 기분좋은 일이다. 어릴 때의 열이 기억난다. 전자 체온계가 도입되기 전이어서 체온을 잴 때마다 바셀린과 인내심이 필요하던 시절, 엄마는 내 몸이 이미 알고 있는 온도를 확인하려 수은 체온계의 파란색 기둥을 지켜보았다. 38도, 얇은 벽이 세상과 나 사이를 가로막아 멍한 기분으로 녹아 없어지는 듯 보내는 하루. 38도에서는 내 안에 '앞으로' 가야 한다고 속삭이는 그 무엇도 남아 있지 않다. 이 세상의 진정한 원동력이기도 한, 모든 것에 발동을 거는 명령: 앞으로, 오직 앞으로.

학기가 채 끝나기도 전, 나는 요한나와 처음 만났던 수업을 그만두었다. 요한나의 열성적인 응원에 힘입어 글쓰기를 시도해보기로 마음먹고 한동안 구상했던 단편작 집필을 시작했다. 하나의 주제를 다루는 여러 이야기의 모음이었고, 몇 편 더 완성했더라면 좋은 작품이 되었을지도 모른다. 이야기의 중간이나 거기서 조금 더 나가는 정도까지는 진전이 있었지만 이내 용기를 잃고 말았다. '앞으로'라는 방향은 속도가 있는 이들에게나 적용된다. 나는 몇 날 며칠 문장을 다듬기만 하다가 결국 전부 지워버렸다. 요한나는 당연히 학위 과정을 마쳤고, 영향력 있는 아버지의 인맥을 통해 지역 라디오 방송국에 일자리를 얻었다. 저녁 여섯시나 일곱시가 되어 집에 돌아오면 요한나는 큰 책상에 앉아 있는 내 뒤에 서서 내 허락하에(주로 허락했다) 화면을 보곤 고개를 끄덕이며 미소를 지었다. 화면에 보이는 문장이 그 전날에 봤던 것과 그리 다르지 않을 때도 나를 격려했다. 나는 그때까지 누구에게도 내 글을 보여준 적이 없었지만 요한나에게는 쉬웠다. 아마 내가 쥐어짜낸 모든 것을 놓치지 않으려고 완전히 몰입해 읽어줬기 때문이었을 것이다. 작품 평가를 내 입술에 하는 키스 대신으로 생각하고 있음을 알면서도, 요한나가 보인 성의 덕분에 계속해나갈 용기가 생겼다. 나중에는 이것이 일종의 놀이가 되었고, 요한나는 화면을 손가락으로 가리키며 구체적인 조언을 주기에 이르렀다. "차라리 마지막에 둘이 이어진다고 하면 어떨까?"라거나 "더 막 나가게 해"라고 말하기도 했다. 그리고 다음날 요한나가 퇴근해서 집에 오면 말한 대로 되어 있었다. 어떤 이야기든 요한나의 손길이 닿아야 비로소 완성되는 듯했다. 요한나가 나 자신의 의도를 나보다 더 잘 파악하고 있으며, 이야기가 어떻게 흘러가야 할지 알고 있는 유일한 사람인 것처럼. 내게도 일하고 싶은 욕구와 유사한 무언가가 샘솟기 시작했고, 글쓰기 습관에 체계가 잡히면서 매일 일정량을 소화할 수 있게 되었다. 그렇게 노력하는 과정에는 슬럼프도 있었지만 그걸 극복하는 기쁨도 있었고, 나는 오늘 쏟아부은 수고가 다음날과 그다음날, 또 그다음날도 반복될 수 있음을 깨달았다. 몇 주가 지나 이 습관이 자리를 잡으면서, 간헐적 폭발처럼 떠오른 아이디어에 이끌려 쓰던 과거의 방식을 대체했다. 예전에는 한 번에 쓰는 양이 몇 쪽을 넘지 못했고 자세히 읽어보면 그중에서도 쓸만한 부분은 많아야 한두 문단에 불과했었다. 나는 마음을 더욱 다잡고 두려움을 넘어섰으며 체계적이고 부지런해졌다. 요한나의 칭찬과 제안을 새겨들으며 다시 쓰고, 더 잘 쓰고, 계속 썼다. 나를 괴롭히던 좌절감은 마법처럼 사라졌다. 나는 이제 요한나의 공간에, 생산성을 북돋는 따스한 품안에 있었다. 요한나는 전투에 나서는 듯한 결의로 늘 최고의 찬사를 거듭했고, 그 말들은 내게 옳은 길을 택했다는 확신을 주었다. 그러던 요한나가 나 혼자서는 월세를 감당할 수 없는 칙칙한 아파트와 내가 원치 않는 가구들만 남긴 채 책과 옷을 모두 챙겨 떠나자, 그 흠모의 표현들이 나를 요한나에게 단단히 붙들어 매고 있음을 알게 되었다. 아니, 그보다는 내 능력이 요한나에게 단단히 붙들려버렸다. 요한나가 떠나니 나의 유일한 독자, 최고의 독자, 가장 가깝고 가장 큰 힘을 실어주던 독자도 함께 떠났고, 다시 자리에 앉아 뭐라도 끝낼 마음을 먹기까지 넘어야 할 장벽을 도저히 넘을 수가 없었다. 그후로 몇 년간 의식적으로든 무의식적으로든 다른 사람들과도 같은 상황을 재현해보려고 셀 수도 없을 만큼 시도했다. 요한나가 떠난 후 사귄 남자와 여자들은 문학을 좋아하지만 내 글을 읽는 데 관심이 없거나, 내 글에 관심이 있어도 아무것도 이해하지 못하거나, 뭔가 이해하더라도 이렇다 할 의견은 없다거나, 내가 왜 글을 쓰는지조차 이해하지 못하는 사람들이었고, 나랑 안 맞는 장르의 문학을 좋아하거나(범죄소설만 읽음), 장르는 잘 맞는데 좋아하는 이유가 다르거나(제임스 엘로이, 감정이 결여되어 있다며), 나랑 같은 장르를 같은 이유로 좋아하지만 그런 대화를 나눌 필요를 못 느끼거나, 아니면 이제 인쇄물은 예전만큼 예술의 형태로 인정받지 못한다는 말을 하는 사람들뿐이었다. 그들

중 누구도 내 입술에 닿는 키스를 다른 것과 연결할 생각은 하지 못했다. 키스는 항상 늘 같은 곳에서 끝났고(내 입술), 내 삶이나 창작욕 그 어디에도 닿지 못했다.

『뉴욕 3부작』을 다시 읽고픈 마음이 갑자기 고개를 든 건 우연일 수도 있지만, 부은 목을 지나 악몽과 오한의 공간까지 이어지는 등골 신경을 고열이 건드린 탓일 확률이 높다. 어떤 면에서 인생은 매일 매초 새롭지만, 또 어떤 면에서 우리는 끊임없이 내면의 같은 자리로 돌아간다. 요한나와 나는 우연 때문에 만난 커플들이 당연히 그러듯 우연의 열렬한 숭배자가 됐고, 그런 이유로 오스터의 작품들이 우리를 사로잡았다. 내가 아는 작가 중 오스터만큼 의식적으로 우연을 모든 사건의 발단에 놓는 작가는 없다. 요한나와 나는 처음 만났을 당시 각각 다른 사람과 함께였다. 요한나는 만나는 여자가 있었고, 나는 당시 내게 청혼한 남자와 함께였다. 그러다 여러 정황이 우리를 이끌어 같은 대학, 같은 수업에 등록하기에 이르렀다. 나는 오리엔테이션에 참가하기 전부터 중도 포기를 직감했지만 어쨌든 수업을 들으며 첫 시험까지 치렀다. 시험이 끝난 후 들어간 술집에는 남은 자리가 딱 하나뿐이었다. 그 전날 우리는 붐비는 강의실에서 처음으로 서로를 눈에 담았다. 요한나는 청바지에 깃 없는 검은 셔츠 차림으로 커다란 테이블의 짧은 쪽에 앉아 있었다. 식탁 위에서 서로 손목이 닿기 시작했고, 모두 떠나고 우리만 남을 때까지 밤늦도록 그 짜릿함을 이어갔다. 그다음 월요일, 우리는 별개이면서도 연결된 장면 속에서 각자의 상대와 관계를 끝냈다. 그다음주에는 한집으로 이사해 함께 살게 되었다. 마침 같은 수업을 듣는 친구가 친척에게서 물려받아 세입자를 찾고 있던 혜게르스텐에 있는 아파트였다. 당시 나는 스물일곱 살, 요한나는 스물네 살이었다. 우리는 죽음만이 우리를 갈라놓을 것이라는 보증서라도 받은 듯, 오랜 세월을 함께하겠다는 확신에 찬 사람들만이 하는 방식으로 서로의 삶에 안착했다. 각자의 책과 물건을 구분이나 표시 없이 뒤섞어 보관했고, 우리가 구입한 모든 것(빵 반죽기, 발코니 가구, 라르스 노렌의 『죽은 연극들De döda pjäserna』) 역시 말할 필요도 없이 함께 사용했다. 연극 관람, 여행, 파티, 작은 행동 하나까지 그 어떤 앞날의 계획도 서로를 포함하지 않은 것은 없었다. 그리고 시간이 흐를

수록 우리 둘이 공유하는 기억과 경험도 불어나 삶을 꽉 채울 정도가 되었다. 요한나는 내 주인공이었다. 내 삶이 요한나였다. 우리의 대화도, 이 지구에서 우리가 공유하는 공간도. 그 이후로 다시는 그 누구에게도 요한나에게 느꼈던 만큼의 확신을, 진정으로 내 곁에 누군가가 있다는 확신을 느끼지 못했다. 한참이 지나 딸을 낳고 그 아이의 까만 눈을 처음으로 들여다봤을 때마저도, 정말 내 곁에 누군가가 있다는 확신은 없었다.

90년대 중반이었던 당시에는 퓌라 크노프 같은 곳이 드물었다. 식탁보 없는 나무 식탁, 입구의 계단 옆에서 둥근 크레이프 팬에 반죽을 붓는 아저씨, 독한 사과주가 담긴 1리터짜리 두꺼운 유리병에는 가공되지 않은 생생한 매력이 아직 남아 있었다. 연기가 자욱한 좁은 내부엔 식탁이 다닥다닥 붙어 있었고, 마치 바깥세상과는 달리 좀더 국제적인 시간이 흐르기라도 하는 듯 우리가 일어날 때쯤 저녁 분위기가 무르익었다. 점원은 주문을 받아적는 대신 프랑스어로 다시 말하며 확인해주었고, 가끔 앞치마 안쪽에 접어 끼워놓은 마른행주로 식탁 위의 보이지 않는 얼룩을 문질렀다.

보여주기 위한 연극에 불과했지만 그렇다고 그 멋이 줄어들지는 않았다. 여섯시에서 열한시 사이에는 문을 빼꼼 열며 빈자리를 찾는 사람들 때문에 문에 달린 종이 연신 울려댔고, 겨울이면 문이 열릴 때마다 수증기와 담배 연기가 인도 위로 구름처럼 퍼져나갔다. 우리 둘 중 하나 혹은 우리 둘 모두와 수업을 같이 듣는 친구들과 함께 그곳을 찾기도 했고, 내 가장 친한 친구 샐리나 다른 친구들, 아니면 요한나의 형제들, 라디오 방송국에서 요한나가 사귄 친한 동료들과 함께 가기도 했다. 일찍 가서 넓은 식탁을 차지하는 데 성공하기만 하면 그때부터는 음식과 술이 오가며 자연스럽게 흘러갔다. 염소 치즈와 꿀, 시금치를 올려 구운 납작한 갈레트, 초콜릿과 피스타치오, 사탕수수 원당을 넣은 크레이프 등. 요한나와 나는 형제처럼 서로의 접시에 담긴 음식을 먹었다. 나로서는 그전에도, 그 이후로도, 그 누구와도 해보지 못한 일이었다. 우리는 여섯시에 자리를 잡고 앉아 갈레트 한 접시를 주문하고, 두 시간 후에 또하나를 주문했다. 그동안 식탁 주위의 사람들과 앉은 자리가 바뀌고, 재떨이가 꽉 찼다가 비워지고, 대화 주제가 떠오르고 사라졌다가 다시 돌아왔다. 그러다 여덟시쯤 다시 갈레트나 크레이프 한 접시를 주문하고 위의 과정을 반복했다. 점원은 마른행주로 얼룩을 닦아내고 빈 잔과 유리 주전자를 치우며 요한나를 비롯해 프랑스어를 아는 사람들과 프랑스어로 대화했다. 자리를 마무리하고 슬루센에서 집으로 돌아가는 빨간색 노선 지하철에서도 요한나와 나는 서로 마주보고 앉아 대화를 이어갔다. 우리의 대화는 떨어져 있을 때도, 따로 보낸 첫 크리스마스에도 끝나지 않고 계속되는 느낌이었다. 요한나가 떠나고 한참이 지난 후에도 내 쪽에서는 그 대화가 계속되었다. 어쩌면 완전히 끝난 적이 없었는지도 모른다.

여느 때처럼 퓌라 크노프에서 저녁을 보낸 어느 날, 나는 처음으로 온도의 변화, 나중에 서리라고 부르게 된 엄청난 광경을 목격했다. 사실 이건 거짓말이다. 처음부터 알고 있었다. 나에게만 온 신경을 집중하다가 갑자기 돌아서서 사무적인 태도로 전화를 받는다거나, 혹은 그 반대일 때. 또는 퇴근 후 집에 돌아와서 겉옷을 벽에 던지듯 걸어놓고 온갖 욕설로 그날 있었던 일을 쏟아내다가, 단숨에 돌변해 말을 멈추고 나를 바라보며 환하게 미소 짓던 때. 요한나는 침착과 냉정을 유지하는 데 소질이 있었고, 마음만 먹으면 언제든지 감정을 바꿀 수 있었다. 다른 능력과는 아무 관련 없는 특이한 재주였다. 마음대로 켰다 껐다 하는 모습이 감탄스럽기도 하고 불편하기도 했다. 소위 말하는 완벽한 통제가 가능하다는 의미였으니 어떻게 보면 성숙했지만 또 한편으로는 비인간적인 면모, 비인간적인 온도가 느껴졌다. 반면에 나는 어떤 감정도 마음대로 켜거나 끄지 못하고 저녁 내내 그날 한 대화의 내용을 곱씹으며 앉아 있는 사람이었다. 과거를 벗어나지 못하는 걸 요한나는 한심하게 여겼다. "그냥 좀 내려놔"라고 요한나는 말했지만, 나는 어떡해야 그렇게 되는지 알 수가 없었다. 감정은 내 선택으로 붙들거나 놓을 수 있는 게 아니었다. 오히려 감정이 나를 포기하고 놓아주는 쪽에 가까웠다.

어느 날 저녁 슬루센에서 지하철을 타고 집으로 돌아가는 길에, 싱켄스담에서 고약한 냄새를 풍기는 술 취한 남자가 탑승했다. 그리고 우리 맞은편에 앉아 취한 사람이 가끔 그러듯 말을 걸기 시작했다. 대화를 멈출 생각이 없던 우리는 그 사람을 무시했다. 내가 약간의 멸시를 담아 예의 있게 미소를 지어 보였음에도 남자가 계속해서 지껄이자 요한나는 몸을 완전히 그 사람 쪽으로 돌려 화려한 언변으로 돌처럼 차가운 일격을 가했다. 요한나가 누구에게든 그런 식으로 말하는 건 들어본 적이 없었다. "등신" "생긴 것도 이상한 게" "지린내 나는 돼지 새끼"라는 말이 들렸고, 요한나는 말을 마치자마자 표정을 바꾸고 다시 몸을 돌려 나를 보았다. 마치 몸을 돌리는 그 찰나에 가면을 썼다 벗었다 하는 것 같았다. 나와 다시 대화하는 요한나가 가면을 쓰고 있는 건지 아니면 벗고 있는 건지 알 수가 없었다. 갈등 상황에 쉽게 영향을 받고 흔들리는 나는 그 남자 쪽을 계속 흘끗거렸지만, 요한나는 평소와 같은 목소리로 하던 이야기를 계속했다. 웃음을 터뜨리며 전부 연기였다고 하거나 어떤 식으로든 그 일을 언급하길 기다렸지만 요한나는 멈추지 않고 말을 이어갔다. 남자는 비틀거리며 릴리에홀멘에서 내렸고, 그 일은 그렇게 지나갔다. 그날 밤 침대에서 내가 말했다. "네게 그런 면도 있는지 몰랐어." 요한나는 내 말을 이해하지 못했고 진심으로 모르겠다는 표정이었다. "감정을 전환하는 능력 말이야. 아까 지하철에서 그 남자. 넌 아무렇지도 않더라." 요한나가 웃었다. "진짜 아무렇지도 않았으니까." 내 말을 기다리는 요한나의 입술에는 여전히 미소가 남아 있었다. "아무 일도 아니라는 듯이 그 사람한테 욕을 퍼부었 잖아. 몇시인지 물어보는 것처럼 태연하게." 내가 말했다. 요한나는 어깨를 으쓱했다. "근데?" 나는 그러면 내 말이 줄 충격을 줄일 수 있기라도 한 듯 요한나의 손을 잡았다. "그 사람한테 그런 식으로 말하고 숨도 한 번 안 고른 채 다시 나와 대화를 계속할 수 있다니 너무 놀랐어. 아무런 감정도 없는 것처럼." 요한나는 고개를 흔들며 내 손을 놓았다. "무슨 말을 하고 싶은 거야?" 얼굴의 미소도 사라졌다. 우리 사이의 분위기도 싸늘해졌고, 나는 괜한 얘기를 꺼냈다고 후회했다. 지하철에서 있었던 그 남자와의 짧은 일화는 우리 둘 다 그날 이후 다시 언급하지 않았고, 나는 서리를 요한나의 일부로 받아들이게 되었다. 결함이 아니라 요긴한 도구로 쓰이는 작은 얼음의 영역.

 요한나가 사라지고 몇 년이 지난 후, 나는 샐리의 집에서 양파를 썰다가 다시는 글을 쓰지 않겠다고 한순간 다짐했다. 그해 여름, 예전에 시작했던 단편 중 그 어느 것도 끝내지 않은 채 새로운 문예 창작 강의를 수강했다. 이야기의 흐름에 집중하는 강의였는데, 다른 수강생들은 이 가르침을 창작 과정에 즉시 반영해 완성된 원고가 담긴 폴더를 들고 집으로 돌아갔다. 누구든 등록할 수 있는 열린 강좌여서 의욕 넘치는 은퇴자들과 원대한 포부의 어린 학생들도 있었고, 근처의 넓은 잔디밭에서 저녁에 와인을 마실 목적으로 등록한 사람들도 있었다. 어쨌든 모두 행복했고 모두 강좌를 끝까지 수료했다. 나는 그 두 가지 면 전부에서 남들과는 달랐다. 수업 첫날, 인정과 칭찬을 받으려는 마음에 강사에게 조심스럽게 접근했다. 그는 "슬픔 가득한 눈으로 작은 부분도 놓치지 않는다"거나 "부정확한 정확성"이라는 표현으로 내 글을 평가했다. 나는 그 추상적인 말이 무슨 뜻인지 이해하려 한동안 애쓰다가 모든 학생이 거의 비슷한 말을 들었다는 사실을 알게 되었다. "재치 있는 거리를 뒀다"거나 "경계심을 내려놓게 하는 잔혹성이 있다"거나 "밝은 저항성이 있다"거나. 나를 제외한 모두가 이 말 같지도 않은 말의 조합에서 의미를 찾아냈다. 강사는 시집과 소설 몇 권을 출간한 작가였고, 자신의 글을 언급할 때 "창작의 마술" "잠재

의식 속 과정" "공간적 존재감의 길들여진 충동"이라는 표현을 사용했다. 강사가 그런 사람이라고 하자 샐리는 큰 소리로 웃음을 터뜨렸다가 시금치와 마늘이 들어 있는 냄비를 휘젓던 숟가락을 든 채로 나를 바라보았다. "슬픔 가득한 눈으로 작은 부분도 놓치지 않는다는 건 정확하게 봤네." 우리는 라자냐를 만들고 있었고, 내 딸은 복도에 놓아둔 유아차 안에 잠들어 있었다. 나는 오븐을 켜고 커다란 양파 하나를 꺼내 뿌리를 잘라내고 파란 싹이 돋아난 반대쪽도 잘라냈다. 그리고 바로 그때, 모든 것이 눈앞에 완벽하게 펼쳐지는, 살면서 흔치 않게 찾아오는 순간을 경험했다. 습작 강의를 듣는 게 이번이 세번째인데도 여전히 갈 길을 모르고, 친구들은 이해하면서도 잘 모르겠다는 반응이고, 주변의 도움으로 먹고사는 신세가 됐고, 학자금 대출과 은행 대출을 받고 여러 부업을 병행해가며 그때 그 공간으로 돌아가려고 애썼지만 헛수고였다. 나는 양파의 바스락거리는 껍질을 벗겨 싱크대에 던져넣고 도마 위에서 반으로 자른 후 얇게 썰기 시작했다. 그러다 갑자기, 내 안에 있던 그 공간은 아주 오래전, 지난 세기가 끝날 때 닫혀버렸음이 분명하게 와닿았다. 마치 창밖을 내다보며 "비가 오네"라고 말하는 것처럼 간단한 깨달음이었다. 그다음 찾아온 깨달음 역시 간단하고 명료했다. 글을 쓰려는 나의 모든 노력은 이미 영원히 사라진 무엇에 닿고자 하는 헛된 시도였다. 양파도 반으로 잘렸고, 결정도 절반쯤 내려졌다. 세번째 깨달음은 그림처럼 눈앞에 펼쳐졌다. 나를 괴롭히는 야망도, 아이디어를 내야 한다는 부담도, 아무 계획도 허영도 없이 탁 트인 들판. 거듭되는 실패도 없다. 난 포기했고, 자유가 되었다. '용서'와 '자유'는 여러 언어에서 한 단어로 통한다. 당연할 수도 있지만 이 순간에는 '놓아주다'도 같은 맥락으로 말할 수 있겠다는 생각이 들었다. 완벽하게 썬 양파가 내 앞에 놓여 있었다. 샐리가 내 쪽을 흘끗 바라보았다. "양파 때문에 그래?" 그리고 도마를 가져가서 전부 프라이팬 안에 쏟아넣었다. "아니면 우는 거야?"

요한나는 이제 내 과거의 수많은 사람 중 하나가 되었다. 유명 인사가 되지 않았더라면 더 쉽게 잊어버렸을 것이다. 기억이 차츰 희미해지면서 지금처럼 열이 날 때나 혼자 청승에 빠져 있을 때, 향수에 젖을 때나 떠올랐을 것이다. 조잡하게 복원되어 일부만 짜임새 없이 남아 있는 그림처럼, 시들고 희석된 기억만 남을 때까지. 퓌라 크노프 앞을 지나가다 맑은 냄새에 그 목소리가 떠오른 적은 있었다. 린네가탄가의 커피숍을 지날 때 잠깐 생각한다거나, 트란스트뢰메르가 사망한 후 『슬픔의 곤돌라』를 출간하는 고된 작업과 관련한 기사를 보고 잠시 하던 일을 멈추기도 했다. 버림받은 사람들이 다 그러듯 나도 요한나를 다시 볼 일이 없기를 바라는 단 하나의 소망만을 품고 살았다. 내게 헤어짐이란 바로 그런 것이었다. 언제나 나만의 요한나가 될 수 없다면 아예 필요 없었다. 그 이름도 듣고 싶지 않았고, 얼굴도 보고 싶지 않았고, 요한나의 키스(내 입술에 했던)를 생각나게 하는 그 무엇도 원치 않았다. 이별 또한 갑작스럽고 냉정해서 채 일주일도 걸리지 않았다(외투 주머니에서 발견된 은밀한 쪽지, 남의 집 문 우편물 투입구를 열고 엿보기, 늦은 밤의 전화 통화, 출퇴근시간 인파 속에서 목놓아 울기, 작은 트렁크로 이삿짐 상자 옮기기). 헤어진 후 나는 저녁이 되면 샐리의 집 소파에서 꼼짝도 하지 않고 그 어느 때보다 무기력한 상태로 와인과 커피를 마시며 앉아 있었다.

미래에 관해 확실하게 알 수 있는 건 다시는 요한나를 보고 싶지 않다는 사실 하나뿐이었다.

그러나 우리가 어떤 죽음을 맞을지 선택할 수 없듯, 이미 끝난 관계가 어떻게 계속될지도 선택할 수 없다. 요한나는 마치 우리 관계를 도약판으로 삼은 듯 빠르고 거침없이 승승장구했다. 유명인의 삶을 살기에 적합한 면모를 갖추고 있었으니 놀랄 일도 아니었다. 그 눈빛, 그 미소, 그리고 절대 마르지 않을 듯한 새로운 관점의 샘까지. 요한나는 단 일 분 만에 주변의 상황에 맞추어 어떤 주제에든 의견을 내는 능력이 있었다. 아니, 더 정확히는 '의견'이라고 할 만한 것을. 요한나는 마치 게임이라도 하듯이 그 '의견'을 순식간에 정반대의 것으로 뒤집을 수 있었다. 주제는 화려한 언변의 빛 속에 잠시 모습을 비추었을 뿐, 중요하지 않은 부속물에 지나지 않는 것 같았다. 어릴 때부터 익힌 기술이었다. 요한나의 집에서는 논쟁의 기술 자체가 다루고 있는 주제보다 훨씬 더 중요했다. 매 저녁식사는 부모님과 함께 산 이십여 년간 이어져온 수사적 기교 대회의 일부였고, 이 대회는 집에 갈 때마다 다시 시작되었다. 형제들도 요한나와 마찬가지로 어떤 주제든 재빨리 파헤쳐 전체를 구성하는 각 요소로 분해하는 능력이 있었다. 언성을 높이는 일은 절대 없었으며 대신 말하는 속도를 올리고 문장 성분의 개수를 늘릴 뿐이었다. 그 모습에 반한 나는 이를 흡수해서 요한나가 말하고 존재하는 방식이 내게 각인되게 했다. 내게 맞게 고쳐서 나만의 형식으로 만들었고, 요한나가 영원히 나를 바꾸도록 내버려두었다. 자아, 소위 말하는 '자아'란 다름 아닌 그런 것이다. 우리에게 닿은 타인들의 흔적. 나는 요한나의 말과 행동을 사랑했고, 의도했든 그렇지 않든 내 일부가 되도록 허용했다. 이게 아마 우리가 맺는 모든 관계의 핵심일 테고, 그러니 어떻게 보면 관계에 끝이란 없는지도 모른다.

솔직히 말하자면 나는 처음부터, 요한나가 지역 라디오 방송국에 첫 직장을 얻었을 때부터 알고 있었다. 요한나가 유명 인사가 되는 건 시간문제였다. 나를 떠나기 일 년 전부터 이미 공영방송에서 한 시간짜리 인터뷰도 여러 번 맡았다. 요한나의 거친 목소리는 다른 방송을 통해서도 사방에서 들려왔고, 시간이 흐르자 누구나 다 아는 이름이 되었다. 한동안 해외 특파원으로도 활동했고 각종 행사에 참석해

사진이 찍히기도 했으며, 잡지 인터뷰, 여러 방송의 고정 출연자로도 모습을 드러냈다. 요한나는 유달리 따뜻한 면이 있는, 대단히 능력 있는 진행자로 인정받았다. 우리의 관계는 그렇게, 내게는 끝나지 않은 관계로 끝났다. 내 안에서 희미해져가는 기억 한구석에 자리하고 있던 그 이름은 이제 라디오와 TV에 나오는 이름이 되었고, 완전히 다른 울림을 주는 이름이 되었으며, 얼굴과 함께 대중매체를 휩쓸며 세간에 잘 알려진 이름과 조금 덜 알려진 이름 무더기 속 하나가 되었다. 때때로 누군가 "저 진행자 말이야, 너랑 혹시?" 하며 뭔가 기대하는 미소를 띠고 묻기도 한다. 답은 이미 알고 있고 조금 더 은밀한 속사정을 듣고 싶다는 미소다. 그럴 때면 나는 주로 아니라고 부인하거나 "그냥 잠깐 만난 사이라 이제는 기억도 잘 안 나" "응, 근데 워낙 오래된 일이라"라고 한다. 요한나를 깎아내리는 이야기를 들려줄 마음은 단 한 번도 들지 않았다. 그렇게 험담해봤자 내 수준만 떨어질 뿐이다. 그 대신 요한나라면 같은 질문에 어떻게 답할지 짐작해본다. "기억도 거의 안 나" 또는 "옛날 일이야". 혹시라도 누군가 용감하게 나에 관해 묻는다면 대략 이런 대답을 할 것 같다.

　나는 공개 석상에 보이는 요한나를 점차 인정하게 되었다. 요한나가 말하는 방식에 우리의 일부가 여전히 존재해서였다. 싸움 대신 실랑이라고 할 때나, 아기의 '아'에 힘을 주어 발음할 때나, 소란, 휘말리다, 빈곤하다와 같이 우리가 재발견한 단어를 우리만의 방식대로 사용할 때는 너무나도 익숙하게 들려서 마치 내가 말하는 소리를 듣는 것 같다. 딱 한 번, 요한나가 말하는 중에 라디오를 끈 적이 있었다. 정확히 몇시였는지는 모르지만 금요일 저녁이었다. 전혀 중요하지 않은 사소한 부분이라 아무도 알아채지 못했을 것이다. 신문기사에서 숨겨진 암호를 찾아내는 미친 사람처럼 나 혼자만 알아들었겠지만, 그렇다고 내가 미쳤다는 뜻은 아니다. 적어도 내게는 명확한 사실이었다. 이유는 기억나지 않지만 요한나는 당시 유행에 맞춰 그 어떤 진영의 불만도 사지 않을 방식으로 시사와 문화, 유머를 조합한 프로그램에 패널로 출연했고, 다른 남자 출연자가 폴 오스터의 최신 소설을 추천하자 뜬금없이 이렇게 외쳤다. "전 폴 오스터는 좋았던 적이 없어요." 마치 총을 준비하고 쏠 기회만 엿

보며 기다리고 있었다는 듯, 아무도 묻지 않았는데 불쑥 터져나온 발언이었다. 취지를 이해하지 못한 다른 패널들은 이를 두고 별다른 의견을 내지 않았고, 대화는 다른 방향으로 흘러갔다. 그러나 나는 요한나의 말 속에 계속 남아 있었다. 차라리 "헤게르스텐에 살았던 적 없어요"나 "크레이프 안 좋아해요"라고 하든가. 그 말의 숨은 의도를 밝혀내려고 시도했다간 남들 눈에 진짜 미친 사람으로 보일 테니 참겠다. 외롭고 허세 가득한 미친 사람. 그 사람의 우울한 인생은 폴 오스터든 누구든 자세히 묘사하려고 들지 않을 것이다. 그러니 참겠다.

니키

사라진 이들을 찾기 어렵던 시절이 있었다. 그리 오래되지도 않았다. 현재까지 살아 있는 많은 이들이 기억할 것이다. 누군가를 진정으로 잃는 기분, 새 전화번호부를 고대하는 기분, 알파벳순으로 쌓여 있는 전화번호부에 업종별 목록까지 다 합쳐서 6, 7킬로그램은 될 법한 비닐 무더기를 팔에 안아들고 건물 문 앞에서부터 옮기는 기분, 연락이 끊긴 그 사람의 이름이 올해엔 전화번호부에 실리지 않았을까 하는 마음에 집 현관 바닥에 주저앉아 손가락으로 페이지를 훑는 기분이 어땠는지. 전화번호부에는 개인 명의로 직접 회선을 설치한 사람들의 이름만 실리니 영구적 주소지가 없거나, 세를 들어 살거나, 도시나 나라를 옮겨 이사했거나, 아니면 단순히 자신의 연락처가 대중에 공개되는 것을 원치 않는 사람들은 무명의 바다에서 헤엄치고 있고, 거기 있는 누군가를 찾고 싶다면 신의 섭리에 맡겨야 한다는 뜻이었다. 나는 지금까지 여러 사람을 잃었다. 잠깐일 때도 있었고, 더 길 때도 있었다. 몇 시간 혹은 평생 동안 찾기도 했다. 때로는 한두 주 정도 집요하고 절박하게, 때로는 수십 년에 걸쳐 건성으로, 습관처럼. 단네는 로스킬레 페스티벌* 장소에 도착하자마자 사라졌고, 나는 결국 첫날부터 인파 속에서 나 홀로 스코틀랜드 밴드 심플 마인즈의 공연을 봐야 했다. 모르는 사람들 속에서 혼자 텐트를 치고 할일 없이 저녁내 돌아다니다가, 화장실 대기 줄에서 함께 온 무리의 다른 친구를 발견했다. 기억에 남을 재회의 순간이었고 그 여름에 있었던 다른 일들처럼 재미있는 일화가 됐지만, 그 무엇도 나 혼자 배회하던 외로운 시간을 보상할 수는 없었

---

* 덴마크 코펜하겐 근교 로스킬레에서 열리는 록 페스티벌.

다. 큰 축제는 함께할 사람이 없으면 쓸쓸하기만 하다. 나는 내 친구 중 그 누구도, 특히 "여기서 기다려. 금방 올게"라는 뻔한 말을 했던 단네는 나를 찾는 데 그리 많은 시간을 할애하지 않았음을 오래지 않아 분명히 깨닫게 되었다. 그들 입장에서 사라진 사람은 바로 나였다. 축제 장소 입구의 거대한 게시판에 내가 붙였던 전단은 잃어버린 사람을 찾는 다른 공고 속에 파묻혀 시선을 끌지 못했다. 그후로 삼십 년 이상이 흐른 지금, 단네가 뭘 하러 갔는지, 내가 뭘 기다렸는지, 왜 기다리기를 포기하고 찾기를 시작했는지는 기억나지 않지만, 약에 취해서 나를 잊었다는 단네의 말은 기억난다. 그리고 그해에 난 이 무리와 멀어져 다른 친구들을 만나기 시작했다. 대학에서 알게 된 사람들, 약보다는 대화를 더 많이 하는 사람들, 자신은 물론 타인의 삶에도 관심을 두는 사람들이었다.

그중에는 니키도 있었다. 니키 또한 나중에 내가 행방을 찾아다녀야 했던 사람이다. 니키를 만난 건 요한나를 만나기도 훨씬 전, 1학년 영어 수업 토론 그룹에서였다. 첫 쉬는 시간에 니키가 내게 먼저 다가와 말을 걸며 대화가 시작됐고, 나중에 알고 보니 그게 니키가 친구를 만드는 방식이었다. 착해 보이거나 어딘가 끌리는 면이 있는 사람을 노리고 자연스럽게 접근하기. 나의 경우에는 니키가 신고 있던 것만큼 낡은 스탠 스미스 운동화였다. 니키라는 이름은 본인의 선택이었다. 부모님이 지어준 이름을 증오해서였고, 부모님을 증오했기에 그 이름마저 증오했던 것이었다. '증오'라는 단어를 말할 때마다, 니키는 마치 공격적 태도를 한껏 강조하려는 듯 코를 찡그리고 눈을 부릅떴다. 제멋대로였던 청소년기 반항심의 찌꺼기로 어쩌다 한 번 지나가듯 던지는 케케묵은 혐오감이 아닌, 여전히 밤낮으로 타오르는 불이었다. 니키와 여러 번에 걸쳐 긴 대화를 했지만, 그 두 사람이 '역겨워서' 500킬로미터나 떨어진 곳으로 이사해 이름과 전화번호까지 바꿀 수밖에 없었다는 주장 말고는, 그 증오를 뒷받침할 구체적 사실은 거의 밝혀지지 않았다. 이 알 수 없는 수수께끼는 시간이 지나면 자연스럽게 풀릴 줄 알았지만, 부모님에 관한 니키의 주장은 모호했던 그 상태 그대로 굳어져 진실로 자리잡았다. 나는 어느새 니키의 끔찍했던 어린 시절과 지옥 불에 타 죽어야 마땅할 부모 이야기를 '아는' 측근이 되었고, 이내 가장 친한 무리 중 한 명으로 자리매김해 구체적인 내용도 모르고 입증도 되지 않은 이 사실을 믿어주는 의리를 보여야 했다. 어쩌면 그게 우리를 엮어주었던 끈이 아니었나 싶다. 니키의 부모님 이야기가 사실이든 아니든 상관없었다. 내가 관심 있는 진실은 그게 아니었다. 내가 야콥스베리의 할머니 댁 소파에서 지낸다는 사실을 알게 된 니키는 아틀라스에 있는 침실 하나짜리 자기 집에서 함께 지내자고 했다. 특별 보호 대상으로 선정되어 공공 임대주택 중개소를 통해 배정받은 아파트였다. 지금은 폐지된 이 분류는 몇십 년씩 기다려야 하는 나를 포함한 수십만의 일반 신청자들과는 달리 별도의 선별 과정을 거쳤고, 가정폭력 피해 여성과 아이, 중증 질환 환자, 기타 여러 다른 이유로 주거지 마련이 시급한 이들이 그 대상이었다. 니키는 어릴 적 내내 아버지에게 강간을 당해서 끊임없이 거주지를 옮겨야 하는 상황이 힘들다는 거짓말로 얻은 집이라고 했다. 사회복지사와의 면담과 심리학자의 진단서, 그리고 나로서는 도저히 불가능한 교활함만 있으면 되는 일이었다. 무척 구체적인 거짓말이었다. 근친 강간은 80년대 후반과 90년대 초반의 주요 이슈였다. 방송에서 논의되고, 점심시간 휴게실의 수다에 오르내렸으며, 그때까지의 인식보다 훨씬 더 방대한 규모의 사회 문제라고 주장하는 전문가들 또한 우후죽순으로 나타났다. 상담 치료실의 소파는 표면으로 끌어올려야 하는 억눌린 기억을 품은 사람들로 가득해졌다. "난 우리 아빠가 정말로 그랬다고 믿어." 내 미심쩍은 표정을 보고 니키가 말했다. "내가 아직 기억해내지 못했을 뿐이지." 니키는 각종 상담 치료를 시도했지만 맞는 사람을 찾지 못하고 안 좋게 끝나기 일쑤였다. 마음에 안 드는 질문을 한다거나, 예약을 취소했다거나, 휴가를 갔다거나, 상담 횟수를 점차 줄인다는 이유로 불같이 화를 내며 치료를 중단했다. 처음에는 칭찬 일색이었다가 그다음주에는 무능하다고 했다. 나는 니키가 주변과 맺는 관계는 항상 그런 식이라는 걸 처음부터 알아차렸다. 모든 게 흑 아니면 백, 사랑 아니면 증오, 천국 아니면 지옥이었고 중간은 없었다. 우리 수업에서 친해진 다른 두 명의 친구를 두고 "뛰어난 재능을 가진 슈퍼우먼" "이 세상에서 제일 좋은 사람" "보살의 마음을 가진" 사람들이라고 할 때는 언제고, 그중

한 명이 자신에게 몇 주 전 빌려간 레코드판을 돌려달라는 말을 카페에서, 다른 친구들이 있는 자리에서 했다는 사실에 폭발했다. "온 세상이 보는 앞에서 망신을 당했다"며 다시는 꼴도 보기 싫은 치사한 인간이라고 했다. 집에 돌아온 니키는 케이스에 넣지도 않고 케이스와 레코드판을 비닐봉지에 대충 담아 지하철을 타고 그 물건 주인이 사는 집 건물로 찾아가서 그걸 문손잡이에 걸어두었고, 그 친구와는 그렇게 끝이었다. 다른 한 명도 같은 방식으로 버려졌지만 나는 남았다. 다소 경악스럽기는 했어도 난 니키의 강렬한 사랑과 증오에 매료되었고, 모든 감정은 즉시 실천으로 옮겨야 한다는 듯 사람들을 쳐내는 방식에 매료되었다. 이유는 모두 달라도 과정은 항상 같았다. 나라고 예외일 수는 없단 걸 알고는 있었지만 그 나이(스물세 살이었다)의 우정은 지금과는 다르다. 이 개월, 이 년, 두 시간이어도 영원한 우정이었다. 시간이 아니라 그 중요성이나 속도, 함축된 의미의 농도 문제였다. 니키는 내 마음을 울렸다. 가끔 잠자리를 하던 몇 안 되는 남자들이나, 사랑에 빠졌던 그보다 더 적은 수의 남자들과는 달랐다. 니키는 정말 나의 소울메이트였다. 당시에는 그렇게 표현하지 않았겠지만. 언젠가는 끝날 관계임을 알면서도 개의치 않았다. 니키는 모험이었고, 고요함도 예측 가능성도 없이 영원히 이어지는 모든 장르의 드라마였다. 십대 시절 자살을 시도했으나 이제는 다 지난 일이라고 하면서 "얼추 그런 셈"이라는 말을 덧붙였고, 나는 이 "얼추 그런 셈"이 주변 사람들 내면에 자리한 작은 공포의 핏줄을 터뜨려 그들의 관심과 애정을 보장받는 방법임을 나중에 깨달았다. 직접 손목을 긋는 모습을 보지는 못했지만 흉터와 자국을 얼핏 본 적은 있었다. 니키의 상담 치료사 중 한 명은 이를 두고 피부에 영혼의 분출구를 만드는 '불안 조절' 기제라고 표현했다고 한다. 니키는 종종 치료사의 말을 빌렸다. 이 근방의 치료사란 치료사는 모두 만났고, 각자 다양한 전문 분야의 사설 치료사들이었는데 그 비용을 어떻게 감당하는지 문득 궁금해져 물어본 적이 있었다. 돌아온 대답은 "그 사람들이 내"였다. "적어도 그 정도는 해야지." "그 사람들"이 부모님이라는 사실을 깨닫기까지 다소 시간이 걸렸다. 아마 지금이라면 니키의 불안한 정신 상태에 대한 진단을 내릴 수 있겠지만, 우리가 만난 당시에는 그 누구에게도 진단명이 중요하지 않았다. 증상이나 진단 기준, 약물에 관해 이야기하는 사람은 아무도 없었다. 정신적 고충을 겪는 이들은 일괄적으로 의료 시설에 들어가지 않는 대신 모두가 자기 자신과 다른 사람을 이해하기 위해 각자 최선의 노력을 다해야 했다.

내 소지품은 가방 두 개에 들어가기에 충분했다. 기억으로는 책과 옷이 대부분이었다. 니키의 집에 침실은 단 하나뿐이었고 믿을 수 없을 만큼 어수선했다. 나는 그 방의 구석에 놓인 매트리스에 자리를 잡았다. 가방은 매트리스 발치에 두고, 칫솔은 화장실 수납장에, 벨스 위스키 한 병은 찬장에 갖다놓았다. 그게 끝이었다. 총체적인 난장판 속에 내가 도착했다고 달라지는 것은 없었다. 할머니 댁에서 하던 대로 깔끔하게 내 자리 주변을 조금이라도 정돈해보려 했지만 너무 어울리지 않아 포기하고 말았다. 평생 부잣집 청소일을 하신 할머니는 당신 집에도 같은 기준을 적용했다. 매주 먼지를 떨고 청소기를 돌렸으며, 주방 레인지에서는 빛이 나고 침대 시트도 깨끗했다. 할머니가 500킬로미터 더 남쪽에 사셨다면 니키가 어릴 때 살던 집에서 일하셨을지도 모른다. 니키는 부유한 가정 출신이었다. 부모님은 고연봉 직업을 가진 학자였고, 말뫼 외곽에서 공원 같은 마당이 딸린 고급 빌라에 살았다. 물론 내 눈으로 직접 그 집을 본 적은 없어도 상세한 묘사를 익히 들어 알고 있었다. 1층에는 지난 세기 중반에 할아버지가 진료실로 사용하던 공간이 있었고, 두꺼운 참나무 미닫이문이 있어 환자와의 상담 내용이 대기실에 들리지 않았다. 그 대기실은 현재 주방이 되었고, 훨씬 더 큰 주방이 맨 위층에 하나 더 있었다. 니키는 집 얘기를 하면서 오싹하고 차가운 곳이라고 했지만, 내 머릿속에는 커다란 오리엔탈풍 깔개와 벽면을 가득 채운 책꽂이가 있는 널찍한 방들과 수많은 화장실, 그리고 또 다른 층으로 이어지는 계단이 그려질 뿐이었다. 내 상상 속 그곳은 먼지 한 톨 없이 깨끗이 정돈된 집이었고, 당시 니키의 보금자리였던 그 아파트의 난장판과는 극과 극의 대조를 이루었다. 니키는 우리 할머니 집(내 짐을 챙기러 같이 갔을 때 봤다)의 정돈 상태가 자기 부모님 집과 똑같다면서 깨끗함은 오직 하나고 청소에도 오직 하나의 방법만이 있다고 했지만, 난 그 반대의 주장을 펼쳤다. 깨끗함에는 다양한 종류가 있고, 바닥을 닦는 방법도, 바닥을 닦아야 하는 이유도, 광내기를 방금 마친 반짝반짝한 바닥을 지나가는 방법도 셀 수 없이 많다고. "청소는 청소야." 니키가 말했다. 나는 조금도 동의할 수 없었다. 물론 청소에 전혀 신경을 쓰지 않는 건 독립한 지 얼마 안 된 젊은 사람들이라면 다 똑같겠지만, 더러움은 니키에게 더 깊은 차원의 자극인 듯했다. 남들이라면 역겹다고 할 것들을 좋아했고 그 상태가 심각할수록 더 좋아했다. 냉장고 안에 몇 주씩 방치된 음식에 사족을 못 써서 그 통을 꺼내 곰팡이가 생기고 부패하는 생물학적 변화가 내용물을 잠식해나가는 과정을 감상하길 즐겼다. 7월의 어느 아침에는 바사공원에서 죽은 쥐를 발견하고 옆에 쭈그리고 앉아서 부풀어오른 살점 속 꿈틀거리는 구더기들을 한참이나 바라보았다. 마치 무언가가 더러움과 역겨움, 엉망진창의 지하세계로 니키를 한없이 끌어당기는 것 같았다. 다른 사람들이 더럽다고 느끼는 것에 오히려 황홀한 매력을 느끼는 것 같았고, 저 아래의 무언가가 칙칙하고 끈적한 더러움을 일상에서 발산하도록 니키를 조종해 침대 시트도 절대 갈지 않고, 청소기를 돌리지도 않고, 남들

같으면 못 견딜 상태의 설거짓거리를 그대로 두도록 하는 것 같았다. 크게 거슬리지는 않았어도, 열 때마다 눈이 멀 듯 하얗게 반짝이던 할머니 댁 냉장고 속이 그리울 때는 있었다. 청소 방법도 여러 가지였다. 할머니에게 청소는 품위의 문제였고, 일하는 고급 주택의 광채를 조금이나마 가져오는 행동이었다. 내게 청소는 적응의 문제였고, 어딘가에 티나지 않게 드나들 수 있는 능력을 의미했다. 할머니와 살 때는 나도 할머니만큼 자주 청소했지만, 니키와 살면서는 잠자리 정리조차 하지 않았다. 옷과 책, 다 마신 커피 컵, 유리잔, 음식이 말라붙은 접시, 신문, 레코드판 등이 뒤엉켜 있는 방 한구석에 깔끔하게 정돈된 공간이 있다면 이상해 보였을 것이다. 니키가 외출할 때 열쇠를 못 찾는 경우가 다반사여서 내가 집에 돌아오면 문이 잠겨 있지 않을 때가 많았다. 하지만 굳이 문을 잠그지 않아도 도둑이 값나가는 물건을 찾자고 이 난장판 속에 발을 들이리라고는 상상하기 어려웠다.

우리가 처음 만났던 그 수업이 종강할 때 나는 기말고사를 치르지 않았다. 어느 창고 시설에 일자리를 구했고, 편의

점에서도 임시직으로 일하면서 시내 곳곳의 지점에 결근하는 사람이 있을 때마다 그 자리를 채웠다. 그래서 일이 있을 때도 없을 때도 있었고, 일이 없는 날에는 집에서 책을 읽거나 글을 쓰고, 다른 친구들 혹은 니키와 어울렸다. 니키의 일상도 나와 비슷했지만 작가가 되겠다는 뚜렷한 목표를 가지고 훨씬 더 의욕적으로 글쓰기에 임했다. 보다 정확히는 책을 출간하겠다는 목표였다. 글을 쓰고 있으니 자기는 이미 작가라고 했다. 저렴한 월세에 지출도 거의 없었고, 우리 둘 다 필요 이상의 돈을 벌기 위해 일할 이유는 없다고 생각했다. 밤늦게 집에 돌아오는 날이면 아침 일찍 걸려올지도 모르는 고용주들의 전화를 피하려고 전화선을 뽑아두었다. 가끔은 전화기를 찾느라 한참 헤매다가 서랍 깊숙한 곳이나 오븐, 빨래 바구니 안에서 발견할 때도 있었다. 전화기가 엉뚱한 곳에 있다는 건 니키에게 전화 통화와 관련한 문제가 생겼다는 뜻이었다. 예를 들어 받고 싶지 않은 전화를 받았다든가, 또는 그 반대로 와야 할 전화가 오지 않았다든가. 전화선을 뽑기도 하고 소파 밑이나 신문 무더기 속에서 울리게 두기도 했다. 나는 이내 이런 일에 무뎌졌다. 열쇠를 잃어버린 니키가 한밤중에 문을 두드리는 일에도 마찬가지로 익숙해졌다. 문을 열어주면 니키는 술에 취한 채 새로 사귄 무리와 비틀거리며 들어오곤 했다. 그러고는 차를 끓이거나 술을 더 마시고 음악을 틀어 춤을 추다가 몇 시간 후 일출을 보러 옥상에 올라가자며 나를 깨우기도 했다. 옥상은 깔개 먼지를 떠는 용도로 쓰는 오래된 발코니였고 다락의 사다리를 통해서만 올라갈 수 있었다. 다락 출입구는 원래 막혀 있었지만 쉽게 열 수 있었고, 그 위로 올라가면 철길과 클라라호수 위로 저무는 태양이나 반대편 건물들 지붕 위로 떠오르는 태양을 감상할 수 있었다. 우리는 직접 만든 탁한 술을 마시고, 지붕 위에 있으니 천국과 더욱 가까워졌다고 믿으며 인생의 정수에 가닿을 것처럼 크게 소리를 지르기도 했다. 수십 년이 흘러 새로운 천 년이 시작되고 세상도 달라졌지만 그 울부짖음, 모든 것의 핵심에 도달하고 싶었던 그 열망은 어쩌면 그때보다 지금 더 와닿는다. 그러나 왜 굳이 옥상에 올라가야 했는지는 이제 이해할 수 없다.

 커다란 유리병에 담긴 탁한 술은 내 작품이었다. 천천히 가스를 내뿜는 커다란 병들을 주방에 보관했고, 술이라고 부를 수 있을지도 의심스러운 그 액체를 대충 헹군 작은 병에 옮겨 담아 뚜껑을 닫은 후 냉장고에 넣었다. 우리는 이 혼합물을 '오줌와인'이라고 불렀다. 입을 대기 싫을 정도로 맛없게 만들어진 건 옥상에서만 마시기로 했다. 그곳의 경치는 못 마실 만큼 맛없는 술을 포함해 이 세상 근심 대부분을 잊게 했다. 아침에 일어났을 때 식탁 위에 "오늘밤 옥상에서 오줌와인 어때?"라고 쓰인 쪽지가 있으면 나도 나가기 전에 "좋지"라는 답을 휘갈겨썼고, 저녁이 되면 우리 둘 혹은 다른 친구들까지 함께 옥상으로 올라가 오줌와인을 마시며 오래된 건물 사이로 쩌렁쩌렁 울리게 고함을 날렸다. 우리가 알고 지내고 몇 달 후 니키는 요나스와 연애를 시작했다. 늘 검은색 옷만 입는 깡마른 금속 세공사이자 집에서 직접 술을 만드는 사람이었고, 병역 거부로 교도소에 다녀온 전과도 있었다. 요나스가 자기 증류기를 우리 주방에서 쓰게 해준 덕에 커다란 유리병에 담긴 당분 가득한 사과주 발효액 대신 맥아 혼합물이 그 자리를 차지했다. 그 독특한 향은 지금도 어디서든 바로 알 수 있지만, 점점 말을 일이 드물어지고 있다. 증류기는 폐쇄형 원뿔 모양에 금속 재질이었다. 기화된 알코올은 증류기와 연결된 기다란 관에서 냉각을 거쳐 다시 액체가 되어 그 아래 있는 용기로 떨어진 후 고운 숯가루가 들어 있는 긴 관을 통과하며 정제되었다. 이렇게 자체 제작한 술은 알코올 도수가 40도에 달했고, 기름진 동물을 불에 그을린 듯한 뒷맛을 남겼다. 증류기를 공동으로 소유하게 되자 우리집에 드나드는 발길이 늘었고, 주방은 자연스레 별의별 밤 모임이 시작되는 거점으로 자리잡았다. 손님들은 피자를 들고 나타나 재떨이를 수차례 가득 채우고서야 바닥에 쌓인 피자 상자들을 남기고 떠나거나 일부는 집에 돌아가지 않고 소파나 니키의 침대에 드러누워 천장으로 담배 연기를 내뿜으며 수다를 떨었다. 이후 나와 제일 가까운 사이가 된 친구들도 모두 이렇게 만났다. 니키나 요나스가 새로운 사람도 만날 수 있고 공짜 술도 있다며 꼬드기는 바람에 난데없이 우리집에 오게 된 것이었다. 그러나 과거와는 달리 이번에는 술이 큰 비중을 차지하지 않았다. 니키와 나는 차나 물만 마시고도, 심지어 아무것도 마시지 않고도 얼마든지 신나는 금요일 밤을 보낼 수 있었다. 우리가 서로에게 끌리는 이유는 대화였기 때문이고, 이는 이때부터 내가 맺은 모든 관계의 핵심이 되었다. 대학교 강의실 복도에서 쉬는 시간에 니키가 다가와 내 신발 얘기를 꺼내며 시작된 대화는 몇 년 후 아일랜드 골웨이에 있는 어느 건물 안, 소리가 울리는 계단 통로에서 끝났다. 우리는 몇 주씩 떨어져 있다가도 다시 만나면 마치 몇 주가 찰나에 불과했다는 듯 즉시 예전의 대화를 이어갈 수 있었다. 니키와의 대화에서 가장 좋았던 건 단 한 번도 대화가 어디로 흘러갈지 예측할 수 없었단 점이다. 니키는 지금까지 만난 다른 사람들과는 달리 본인이 주인공인 일화를 얘기하거나, 이미 얘기했던 일화를 또 언급하거나, 일화 자체를 얘기하는 경우가 드물었다. 일화에는 으레 도입과 전개, 결말이 있기 마련인데 이는 완벽한 독창성을 추구하는 니키의 성향과는 아예 맞지 않았다. 니키는 가식적인 사람들에게 줄 관심은 없다고 했다. 남들 앞에서 달라지는 사람, 자기 얘기를 하려고 남 얘기를 끊는 사람, 장황한 설명을 늘어놓는 사람, 과시하는 사람, 100퍼센트 확신이 있을 때만 갑자기 입을 여는 사람, 있어 보이려고 애쓰는 사람, 다른 사람 의견을 자기 의견인 양 말하는 사람, 아부하는 사람, 동의하지 않으면서도 동의한다고 하는 사람. 니키는 일화를 좋아하는 사람들은 지적으로 정직하지 못하다고 여겼다. 이미 했던 이야기—함부르크에서 공공장소 음주 행위로 체포되었는데 정신을 차려보니 같은 유치장에 학교 동창이 있어서 깜짝 놀랐다는 얘기나, 자기 할머니가 거의 임종을 바라볼 나이에 어머니를 낳았다는 이야기, 비스뷔 식물원의 칸나비스사티바*를 노리고 폐장 이후에 몰래 들어갔는데 취하게 하는 성분은 전혀 없어 실망이었다는 이야기—를 두 번 이상 하는 실수를 저지르면 다시는 니키를 만날 수 없었다. 니키를 알고부터는 일화가 사람에게 달라붙은 만성적 질병으로 보였다. 모든 것을 이야기 형태로 말해야 한다는 강박, 인생에 형식을 부여해 청자를 사로잡고, 감동이나 불쾌감 또는 웃음을 유발해야 한다는 강박이었다. 일화는 닫힌 상자이고 또다른 닫힌 상자의 탄생을 유발할 뿐이다. 그 대화에 참여하는 모든 이가 돛대에 묶인 듯 꽉 막힌 정

---

* 대마속 식물의 한 종.

신 상태로 다음에 꺼낼 일화를 생각하며 각자의 상자 더미를 앞에 쌓아둔 채 앉아 있게 될 때까지. 니키는 그런 걸 "대화 같지도 않은 대화"라고 불렀다. 〈전에 들어보셨나요?〉* 같은 TV 프로그램에 더 가까운. 우리집에는 TV가 없었다. 적어도 영구적으로는 없었다. 가끔 누군가 쓰레기장에서 주워온 쓸 만한 TV가 집 한구석에 잠시 머물곤 했을 뿐이다. 그마저도 오래가지는 않았으나 나는 그런 방식으로 처음 MTV를 접했고, 지금은 평범하지만 당시에는 불쾌하게 여겨졌던 정신없는 광고의 새로운 세계를 알게 되었다. 우리는 선 자세로 속사포처럼 말을 쏟아내며 연신 노래를 소개하는 진행자들과 뮤직비디오의 단편적 서사에 놀라움을 금치 못했다. "이게 미래야." 니키가 말했다. 아마 니키의 맘에 들었던 것 같다. 우리는 가만히 앉아 화면을 응시하는 수동적 방식으로 TV를 보지 않았다. 항상 그렇듯 주변을 분석하는 습관에 따라 체계적, 비판적으로 시청에 임했다. 프로그램에 빠져든다거나 아무 생각 없이 휩쓸리는 건 정신적 무

---

* 1983년부터 2005년까지 방영한 스웨덴의 TV 프로그램으로 여러 명의 게스트가 술집에 앉아 이야기를 들려주는 것이 콘셉트다.

니키 65

기력의 신호였다. 지독한 숙취에 시달릴 때마저도 우리에게 아무렇게나 채널을 돌려대는 행위란 있을 수 없었다. TV 프로그램은 주간 잡지와 정치 토론, 가족 모임에서의 대화(니키는 우리 가족 모임에도 몇 번 참석했다)와 유사한 영역이었고, 현재 사회를 보다 깊이 이해할 목적으로 해석해야 할 시사 동향과도 같았다. TV와 나의 관계는 그 이후로도 크게 달라지지 않아서 남들과 같은 방식으로 프로그램에 몰입하는 경우는 드물다. 걸핏하면 내용을 혼동하거나 다음 회차를 놓치거나 제목이나 방영 채널을 깜빡하고, 어쩌다 TV 앞에 앉아 있을 때도 한 무리의 사람들을 관찰할 때처럼 내용과 상관없는 다른 곳에 관심이 쏠린다. 전보다 나이들어 보이는 배우의 얼굴, 성형 수술 여부, 영어를 번역하며 우리말에 없는 단어를 만들어낸 자막 같은. TV를 볼 때는 다른 사람이 내 시선을 조종하지만, 책을 읽을 때는 내 의지대로 시선을 옮긴다. 니키와 친하게 지내던 시절, 우리는 일하지 않는 날이면 드로트닝가탄가와 그 주변 지역의 서점에서 온종일 시간을 보내곤 했다. 상류층 전통 교양서적, 시, 연극, 초판본 또는 그에 버금가는 희귀 서적, 저렴한 문고판, 논픽

션처럼 각각 주력 분야가 있는 서점이 넘치도록 많았다. 우리는 그때그때 수중에 있는 돈으로 책을 샀고, 책 구매를 소비 행위라기보다 구출이라고 생각했다. 드로트닝가탄가로 갈 때마다 우리는 책을 '사러' 가는 게 아니라 '데리러' 간다고 했다. 책과 그 안의 다양한 내용이 어쩐지 이미 우리 것이고, 인질로 잡힌 책들의 몸값을 내주고 구출해 집에 데려올 뿐이라는 듯이. 그러나 집에 도착해서 그 책들을 다 읽거나, 읽기 시작하거나, 아니면 나중에 읽으려고 어딘가에 보관하더라도, 완전히 우리 소유물로 간주하지는 않았다. 살 때와 마찬가지로 책은 그 소유권 개념도 다른 물건과는 달라서, 기간이 만료되거나 다른 사람이 해당 책이나 작가에 관심을 보이면 언제든 권리를 양도할 수 있는 임대물과도 같았다. 누군가의 추천으로 로베르트 무질의 네 권짜리 소설 『특성 없는 남자』를 구입해 내 잠자리 옆 파란 책꽂이에 잠시 꽂아둔 적도 있지만, 오래지 않아 그 책을 읽을 준비가 되지 않았음을 깨달았다. 1권 20쪽에 귀퉁이를 접어 표시한 곳을 빼면 거의 손도 대지 않고 그대로 꽂아두었는데, 어느 날 저녁 요나스의 직장 동료가 그 책을 펼쳤다. 그 동료의 이름은 팔레였고, 전 세계를 여행하다가 돈을 벌려고 잠시 다시 돌아왔다고 했다. 고용 센터를 통해 용접 교육을 받은 후 요나스가 일하는 공장에 들어온 그 사람이 이제 내 매트리스에 앉아 차를 마시며 그 책을 읽고 있었다. 서문과 옮긴이의 말도 건너뛰고 바로 본론으로 직행하다니 조짐이 좋았다. 이제 그 사람의 책이었다. 더 말할 것도 없이 바로 느낌이 왔다. 나를 거쳐 먼길을 돌아갔지만 결국 주인을 찾았다.

삼십 년도 더 지난 일인데 여전히 그 파란 책꽂이와 팔레의 표정, 『특성 없는 남자』의 표지까지 생생히 기억난다니 신기한 일이다. 지금까지 여러 번 내 수중에 들어왔던 책이지만, 이별 때문이든 누군가에게 빌려주었다가 받지 못해서든 늘 내 곁에서 사라지곤 했다. 마치 책이 보여주지도 않은 보물을 품에 간직한 채 도망이라도 가듯이. 그래서 결국 소유만 하고 평생 읽지는 못한 책이 되었다. 누구나 집에 한 권씩은 있는, 읽을 시간이 날 내일을, 미래를 약속하는 책. 니키의 집에 있으면 식탁, 화장실, 복도, 창틀을 막론하고 어디든 눈 닿는 곳마다 비르기타 트롯시그의 책이 있었다. 엉망으로 널브러진 물건 틈에서 발견하기까지 잠시 시간이

걸릴 수는 있어도 『발각된 자De utsatta』든 『황제의 시간 속에서I kejsarens tid』든 잘 살펴보면 꼭 있기 마련이었다. 가장 자주 보이는 책은 『늪지대 왕의 딸Dykungens dotter』이었다. 니키는 이 책의 여러 판본을 소장하고 있었는데, 다른 사람에게 주는 건 고사하고 빌려주는 것마저 꿈도 못 꿀 일이었다. 만약 누군가 우연히 그중 하나를 침대 옆이나 싱크대나 식탁에서 발견해 펼쳐 볼라치면, 니키는 어린아이에게서 성냥을 빼앗듯 그 사람 손에서 책을 낚아챘다. 그다음에는 행동 교정을 위한 일장 연설이 이어졌다. 라디오를 틀어둔 채 대강 훑어보거나 읽는 도중에 멈추라고 트롯시그가 그 책을 쓴 줄 아냐면서, 한두 쪽을 몸소 소리 내어 읽어 보였다. 『늪지대 왕의 딸』은 이미 거의 모든 부분을 외우고 있어서 책을 볼 필요도 없었다. 단어 하나하나가 듣는 이에게 전해지고, 그 책이 자신에게 그랬듯 가슴에 와닿아 내면을 흔들고, 현실을 일깨우고, 생생하게 피어나도록 경건함에 떨리는 강렬한 목소리로 읽어내려갔다. 하지만 시간이 지나 상대방의 집중력이 어쩔 수 없이 흐려지면, 불쾌해진 니키는 읽기를 멈추고 어깨를 으쓱하며 이 문제에 있어서는 인류에게 희망이 없다고, 본인이 이미 알고 있는 사실로 마무리했다. 내게 비르기타 트롯시그는 TV 화면의 흐린 부분이라고 할 수 있었다. 단지 문학의 형태라는 것만 달랐다. 뭔가 재밌는 일이 일어나는 것 같은데 그 흐린 부분 때문에 보이지 않고, 이리저리 설정을 바꿔봐도 흐릿함은 사라지지 않는다. 비르기타 트롯시그를 읽고 이해하면 니키를 더 잘 이해하게 될 거라고 오랫동안 믿었다. 정신학적 입장에서 삶의 영적인 차원에 접근하는 태도도, 더러움과 수치를 숭배하고 지하세계를 갈구하는 이유도 이해할 수 있을 줄 알았다. 트롯시그와 니키는 피처럼 새빨간 방을 함께 쓰고 있는 것 같았다. 내가 들어갈 수 없는 엄격함과 혼란의 세상이었다. 감정이 거의 모든 것을 주관하는 전능한 존재인 그 세상에서는 폭발하는 분노에 접시가 날아다니고, 새로 만난 연인과의 불타는 열정으로 내게는 단 이틀 전에 통보하고 지구 반대편으로 여행을 떠날 수도 있었다. 나는 홀로 남겨졌고 집은 오롯이 내 몫이 되었다. 요나스가 전화해서 니키의 행방을 물었다. "모르지, 나도 이해가 안 돼"라고 대답했다. 『늪지대 왕의 딸』과 『질병 Sjukdomen』의 흐릿함 속으로 다시 몸을 던졌다가, 이내 다시 책꽂이에 꽂아두고 청소를 시작했다. 나는 트롯시그를 읽을 준비가 되어 있지 않았고, 앞으로도 그럴 것이다.

니키가 작가가 아닌 다른 직업을 입에 담는 경우는 거의 없었다. 페르 올로브 엥크비스트가 작품 홍보차(『네모 선장의 도서관Kapten Nemos bibliotek』이었던 듯하다) 노동자 교육 협회를 방문했을 때, 니키는 행사가 끝난 후 앞으로 나가서 마치 동료인 듯 말을 걸었다. 둘은 한동안 이야기를 나누었다. 내가 서 있던 출구 근처에서는 대화 내용이 들리지 않았고, 나는 청중이 모두 빠져나가는 동안 둘을 바라보기만 했다. 니키는 의자를 가져가 그의 옆에 자리잡고 앉았고, 그 작가는 기다란 사지를 쭉 뻗은 채 미소 띤 얼굴로 고개를 끄덕이며 니키의 말을 들어주다가 자신의 의견을 덧붙였다. 나는 아예 번화가인 스베아베겐에 나가서 기다렸고, 나중에 나온 니키는 둘이서 습작 방법과 체계성, 고집, 그리고 헌신적인 전념의 중요성에 관한 대화를 나누었다고 했다. 마치 그 유명 작가와 서로 경험과 조언을 나누기라도 했다는 듯이. 어쩌면 정말 그랬을지도 모른다. 니키는 자기가 뭘 쓰고 있는지 모두와 공유했다. 하나를 쓰고 있다가도 금세 또다른 책으로 바뀌었고, 그때마다 나를 비롯한 주변의 모든 사람은 오래지 않아 작업중인 책의 서사 구조와 주요 내용, 등장인물까지 다 알게 되었다. 우리는 마치 소설이 완성되기라도 한 듯, 이미 출간되어 제목과 표지를 갖추고 식탁 위에 놓여 있기라도 한 듯 토론했다. 제목만 두고도 긴 이야기가 오갔다. 몇 가지 기억에 남는 제목도 있었다. '조류 관찰자'는 사생아인 딸과 숲에서 산책을 하다가 망원경으로 딸을 때려 죽이고 암매장한 후 실종 신고를 하는 한 남자의 이야기, '지하실의 소녀'는 지하실에서 자란 한 아이가 어른이 되어서 자신의 고통이 다른 이들을 고통으로부터 해방해준단 사실을 깨닫는 이야기, '어둠의 손님'은 사악한 부모가 운영하는 여행자 숙소에서 자란 소녀가 그곳에 묵게 된 어느 가족에게 도움을 주어 그들이 천천히 숙소를 차지하게 된다는 이야기였다. 내가 알기로 제목과 뼈대뿐인 줄거리 이상으로 발전한 경우는 없었고, 모두 특징적인 세부 사항과 여러 아이디어가 지저분하게 뒤얽힌 10쪽 남짓의 강렬한 이야기뿐이었다. 아이디어 설명을 할 만큼 한 뒤 막상 본격적으로 소매를 걷어붙이고 좀더 구체적으로 1장의 도입부를 써야 할 때가 되면 초반의 열정은 사라지고 없었다. 구성엔 힘이 없었고, 등장인물들은 밋밋했으며, 니키의 의욕도 시들해졌다. 니키는 빨간색 휴대용 타자기에 빈 종이를 끼워둔 채 옆의 베개에 올려놓고는 다리를 꼬고 침대에 앉아 있거나 누워서 천장을 바라보았다. 나는 내가 쓰는 글의 내용을 조금도 공유하지 않았는데, 니키는 그런 나를 두고 "음흉한 것"이라고 했고, 그건 단순한 농담은 아니었다. 내 얇은 공책에 무슨 내용을 쓰고 있는지 어떻게든 뭐라도 캐내려는 니키의 노력에 굴하지 않고, 취했을 때마저도 입을 꾹 다물고 있는 음흉한 것. 지금 생각하면 그때 쓴 글은 당연히 습작에 불과했다. 나는 여러 장르를 오가며 다른 작가들의 글을 흉내내고, 지금까지도 극복하지 못한 것을 극복하려고 노력하고 있었다. 머릿속에서 노니는 생각을 종이 위로 옮기기. 글쓰기에 대해 아무것도 몰랐지만 이것만은 알았다. 모든 과정은 주방 레인지 위에 놓인 원뿔형 용기 속 증류액처럼 외부로의 노출을 철저히 차단해야 했다. 조금이라도 새어나갔다간 끝장이었고, 너무 자세히 알리고 했다간 마법이 사라지고 말 테니 완성될 때까지 절대로 공개해서는 안 되었다. 어차피 내 아이디어는 니키의 아이디어에 비하면 보잘것없었으니 문제될 일도 아니었다. 나도 니키처럼 치열하고 맹렬하게 써보려고 몇 번이나 노력했지만, 결국 이렇다 할 흥미를 찾지 못한 채 빈둥대고 말 뿐이었다.

니키는 한 달이나 집을 비웠다. 새 애인은 미국 배우 제임스 스페이더를 닮은 아일랜드 서쪽 해안 지역 출신 남자였다. 둘은 함께 볼리비아로 하이킹 여행을 떠났다가 환각을 일으키는 약초 추출물을 권하는 이들을 만나 그곳에서 머물렀다. 니키는 그때 봤던 장면이 아직도 가끔 보인다고 했다. 벽지 위로 뻗어나가는 덩굴식물과 집 한구석에 은근슬쩍 나타나는 고양이들이. 니키가 갑자기 돌아오자 마음이 급해진 요나스가 밤늦도록 전화를 해대는 통에 전화기는 영원히 빨래 바구니 속에 자리잡게 되었다. 제임스 스페이더는 다트 던지기 대회인지 뭔지에 참가하려고 고향인 골웨이로 돌아갔고, 니키는 식탁에 앉아 그동안 배운 아일랜드식 표현을 섞어가며 화려한 손글씨로 연애편지를 썼다. 이제 요나스에게 느끼는 감정은 강렬한 증오뿐이었고, 똑같은 강렬함으로 에이드리언(우리는 주로 제임스라고 불렀지만)을 사랑했다. 볼리비아를 사랑했고, 가보지는 못했지만 곧 방문할 아일랜드도 사랑했으며, 스웨덴을 혐오했고, 어디에도 비할 수 없이 생명력이라곤 없는 뚱뚱인 스톡홀름을 그 무엇보다도 혐오했다. 나 혼자 집을 차지했던 오 주는 생각지도 못한 즐거움을 주었다. 팔레와 가끔 잠자리를 하고, 일하고, 이곳저곳 청소도 하고, 욕조 아래서 발견한 곰팡이 슨 수건도 빨고, 더는 출처를 파악할 수 없는 냉장고 속 남은 음식을 치우고, 빵도 굽고, 진짜 와인을 사고, 자동응답기도 설치했다. 니키는 집이 깨끗해서 좋다고 하면서도 돌아온 지 고작 며칠 만에 집을 예전과 똑같은 난장판으로 되돌려놨다. 집 자체가 혼란의 일부가 된 듯했다. 열린 채로 바닥에 놓인 여행 가방은 새로운 무질서의 진원지가 되었다. 그 안에는 고약한 냄새가 나는 옷가지, 친구와 지인들에게 나눠줄 토템 조각상과 기념품이 들어 있었다. 나는 손가락으로 치는 작은 북을 선물로 받아 파란색 책꽂이에 올려두었다. 지렁이 한 마리가 들어 있는 투명한 술 한 병도 받았다. 두 사람의 만남은 스톡홀름 현대 미술관에서 니키가 제임스에게 다가가 영어로 말을 걸며 시작되었다. "여기 있는 테이프에는 왜 전부 여자 이름이 쓰여 있죠?" 제임스는 웃음을 터뜨리며 눈앞으로 쏟아지는 지저분한 앞머리를 쓸어넘겼고, 두 사람은 미술관 내의 카페로 이동해 폐관시간까지 이야기를 나누었다. 기차로 유럽을 여행하는 중이었던 제임스는 마침 그날 기차를 놓쳐 다음날 떠날 예정이었지만 계획이 바뀌었다. 니키를 잠깐 만나보기만 한 사람들은 니키가 사랑을 스위치 켜고 끄듯 쉽게 여긴다고 생각했다. 만났다가 헤어지고, 사랑하다가 사랑하지 않고. 켜거나 끄거나, 검거나 희거나, 사랑이거나 증오거나, 좁은 범위만 인식하는 단순한 메커니즘처럼. 그러나 실제로는 그 반대였다. 니키는 수많은 감정의 바다였고, 마치 고대 그리스 신들이 모두 모여 각자가 대변하는 감정과 상태를 니키의 머릿속에 구겨넣기라도 한 듯, 스스로 감당할 수 있는 수준을 넘어서는 다양함과 미묘한 차이를 담고 있었다. 그 안에는 영원히 멈추지 않는 내밀한 혼란이 있어서 뭐든 순식간에 그 반대로 바뀔 수 있었고, 제임스의 등장으로 니키의 세계는 급격히 달라졌다. U2와 예이츠, 조너선 스위프트, 메리 블

랙, 기네스 맥주, 초록색은 "원래부터" 좋아하던 것이 되었고, 조금이라도 취하면 단어 끝을 삼키면서 영어로 말하기 시작했다. 나는 아일랜드식 발음은 그런가보다 했다.

요나스가 어떻게 됐는지 궁금해서 몇 번 언급했더니, "제 맘대로 통제하려 하는 그런 개자식"은 경찰에 신고해야 마땅하다고 했다. 배운 것도 없고 다른 사람을 조종이나 하려 드는 못생긴 놈. 그딴 개똥 같은 자식은 사랑한 적도 없으니 냄새나는 증류기나 챙겨서 자기 친구들이랑 원래 있던 똥통으로 꺼져버려야 한다고. 그 증류기라면 지난번에 팔레가 다녀가면서 가지고 갔다고 했더니 니키는 의심스러운 눈초리로 나를 바라보았다. 우리는 식탁에 앉아 있었고, 냄비 속의 찻물이 막 끓으려던 참이었다. "팔레가?" 나는 고개를 끄덕이며 내가 뱉은 말을 즉시 후회했다. 하지만 니키에게는 거짓말을 할 수가 없었다. 내게도 누구든 집에 데려올 수 있는 권리가 있다는 사실이나 내 자존심 때문만은 아니었고, 니키와 내가 유지해온 솔직하고 가식 없는, 진정성 있는 관계 때문이기도 했다. "나 없을 때 팔레가 여기 왔었어?" 나는 다시 고개를 끄덕이며 어깨를 으쓱했다. 아마 이게 니키와의 관계에서 가장 어려운 부분일 것이다. 친구와 적을 가르는 면도날처럼 가느다란 경계선. "왜?" 니키가 물었다. "같이 잤어. 나한테 책도 한 권 줘서 그 책 얘기도 하고." 내가 답했다. 니키는 팔짱을 끼고 몇 초 동안 눈을 감았다. 눈꺼풀이 떨렸고, 그 아래에서 눈이 빠르게 움직이는 듯했다. 배신이었다. 나는 적과 동침했고 이 사실을 받아들이는 니키를 보고 있어야만 했다. 무거운 불안이 감돌았다. 그러더니 니키가 나를 보았다. "무슨 책이었어?" 이해할 수 없는 질문이었다. 니키의 내면에 있는 감정의 신 중 하나가 그 책의 제목이 무엇보다 중요하다는 계시라도 내린 듯, 말도 안 되는 새로운 방향으로 대화가 이어졌다. "『어느 겨울밤 한 여행자가』라고 내가 답했다. 사실이었다. 아무 말 없이 계속 쳐다보기만 하는 니키에게 다시 이렇게 덧붙였다. "진짜 좋더라. 하루 만에 다 읽었어." 이 역시 사실이었다. 니키는 신중하게 고개를 끄덕이며 팔짱을 풀더니 내게 웃어 보였다. 그러고는 자리에서 일어나 찻잎이 담긴 통과 머그잔을 꺼냈다. "그러고 나서는?" 니키가 물었다. "팔레가 요나스 갖다준다고 증류기 가지러 다시 왔었어. 그날 같이 자고 얘기도 좀 했지. 그후로도 몇 번 더 만났는데, 다시 여행을 떠났어. 그렇게 좋아하는 인도로." 니키가 식탁에 컵을 내려놓았다. "내 얘기도 했어?" 툭 던진 듯 태연하게 물었지만, 그거야말로 니키의 머릿속에서 가장 뜨겁게 타오르고 있는 질문임을 알고 있었다. 니키의 감정을 관장하는 예민한 신들이 하나같이 온 신경을 집중해 귀를 쫑긋 세우고 자기 욕을 했다거나, 경멸조로 비웃었다거나, 부끄러운 비밀을 흘렸을 기미가 조금이라도 있는지 지켜보고 있었다. "아니, 그냥 책이랑 여행 계획 얘기만 했어. 가고 싶은 도시랑 해변 얘기. 하우라역, 거기서 기차 탈 때 필요한 기술 같은 거. 영화 〈광란의 사랑 Wild at heart〉 얘기도 많이 했고. 팔레가 뱀 가죽으로 만든 재킷을 갖고 싶다지 뭐야." 니키는 자기 컵에 설탕을 넣고 저었다. 답변에 만족한 듯했다. 니키가 차를 다 휘젓고 나서, 나는 니키의 컵에서 찻숟가락을 빼서 내 차를 저었다. 물론 내 말은 사실이 아니었다. 우린 몇 시간이고 니키 얘기를 했다. 팔레는 니키가 거의 모든 면에서 "나사 풀린 사람"이라고 생각했지만, '나사가 풀렸다'라는 표현을 더 구체적으로 정의하지는 못했다. 90년대 초반에는 '더럽게 나사 풀린 사람' 한마디면 충분한 진단으로 통했다. '더럽게 짜증나는 사람' '더럽게 이상한 사람' '그냥 불쾌한 사람'도 마찬가지였다. 그 시절은 여러 면에서 훨씬 더 단순했다. 이런 판단은 개인의 경험과 상호작용에서 비롯된 주관적 의견일 뿐이었지만, 애매한 의미의 심술궂은 꼬리표를 붙였다. '나사 풀린 사람'이라니, 대체 무슨 의미일까. 그저 주변 사람들의 심기를 건드려 열받게 하는 능력일 뿐이지 않나? 니키는 내게 니키일 뿐이었다. 지금도 책꽂이의 C로 시작하는 작가 이름 칸을 쳐다보다가 팔레가 연필로 작은 하트 표시를 그려둔 『어느 겨울밤 한 여행자가』에 눈길이 닿을 때면, 그때의 답답했던 주방 공기와 냄비 속 찻잎의 향기가 떠오른다. 침대 위 내 얼굴과 나란했던 팔레의 얼굴과 니컬러스 케이지처럼 담배를 피워보려 하는 그의 모습도 떠오르고, 그날 아침 팔레가 떠난 후 그 책을 읽기 시작하자마자 거울 미로 같은 서사에 빨려들어간 기억도 떠오른다. "무슨 책이었어?"라는 질문은 니키의 이상한 정신 상태를 보여주는 일종의 증거가 되었다. 나중에는 팔레가 그날 대화중에 언급했던 다른 책을, 예컨대 클라스 외스테르그렌의 『반창고Plåster』나 살만 루슈디 『한밤의 아이들』을 가져왔더라면 그 비이성적 광기가 다른 방향으로 폭발했을지 궁금해지기까지 했다. 니키는 잠시 후 내 컵에서 숟가락을 도로 가져가더니 자기 차에 설탕을 더 넣고 저었다. "팔레 좋아해?" 팔레는 두 주 전 여행을 떠난 이후 누구와도 연락이 닿지 않고 있었기에 답할 수 없는 질문이었다. 누군가를 떠나보낸다는 것은 말 그대로 나를 떠난 그 사람을 잃게 된다는 뜻이다. 어쩌면 그가 삼사 주 전 다녀갔던 곳에서 보낸 엽서나 편지가 긴 여정을 거쳐 우리집 현관에 당도할지도 모른다. 아니면 내게 남기고 간 주소로 내가 편지를 쓸 수도 있다. 자이푸르, 마이소르, 델리 등 그가 여행중 방문할 수도 있는 도시들에 있는, 우편물 보관 서비스를 제공하는 현지 우체국의 주소였다. 그가 이미 다녀갔다면 받지 못하겠지만. 나는 지도책을 훑으며 팔레가 정한 경로와 대안으로 알려준 경로, 갈 도시들과 갈 수도 있는 도시들, 방문할 해변들과 어쩌면 방문할 해변들, 가기 힘들다는 섬들, 만나고 싶다던 친구들, 절대 놓치고 싶지 않다던 어느 해안에서의 일식日蝕을 떠올리려고 노력했다. 팔레는 뭄바이에서 푸네를 거쳐 벵갈루루까지 남쪽으로 가거나, 뭄바이에서 밤 기차를 타고 라자스탄을 지나 깊은 사막으로 가거나, 그것도 아니면 뭄바이에서 버스를 타고 고아로 직행할 것이다. 나도 팔레를 놓치지 않으려고 나만의 경로를 짰다. 내가 A라는 표시가 있는 맨홀 뚜껑을 밟으면 팔레가 아그라의 타지마할로 가고 있다는 뜻이었고, 맨홀 뚜껑에 K라는 표시가 있으면 케랄라에 있다는 뜻이었다. 나는 니키의 질문에 "어쩌면"이라고 답했다. "어차피 이제는 너무 늦었겠지?"

당시 '더럽게 나사 풀린 사람' '더럽게 이상한 사람' 혹은 '그냥 불쾌한 사람'으로 불렸던 다른 이들과 마찬가지로 니키도 결국에는 진단을 받아 정신과에서 약물과 치료 일정과 예약 자동 안내 문자를 받는 외래 환자가 되었을 것이다. 내면에 있는 감정의 신들을 다스리는 알약이 든 작은 통을 매일 아침 흔들어보며 확인하거나, 정식 등록된 전문의인 어느 안경 쓴 여성과 정기적으로 상담하며 스스로를 존중하는 법을 배울지도 모른다. "그 사람이 그렇게 말했을 때 느낀 감정에는 어떻게 대처했나요?" 살면서 한 번쯤은 옛친구나 원수를 찾고 싶어하는 이들이 대체로 그렇듯 나도 답을, 적어도 단서를 찾으려고 노력했지만 전국 가정에 배포되던 전화번호부는 발행이 수십 년 전 중단되었고 이를 대체한 각종 웹사이트에서도 니키의 이름은 찾을 수 없었다. 그 어디에도 니키는 없었다. SNS나 블로그도 하지 않았고 사진과 동영상도 올리지 않았다. 적어도 본명으로는. 90년대 후반에 우연히 마주친 지인을 통해 아틀라스에 있던 니키의 아파트가 대형 아파트 단지로 바뀌면서 그 집을 팔고 다른 도시로, 어쩌면 다른 나라로 떠났을지도 모른다는 소식을 들었다. 그때쯤에는 그 지인과도 소식이 끊겨서 확실하지는 않다고 했다. 니키는 스톡홀름과 인연을 끊었다. 도시 전체와 그곳의 모든 사람, 그리고 자기를 알았던 모든 사람과 단절했다. 다시는 이 똥통에 발을 들이지 않기로 작정하고 숨 쉴 수 있는 곳을 찾아 떠났다. 속임수로 거저 얻다시피 했던 그 집을 팔면서 챙긴 거액의 이익금과 함께. '더럽게 나사 풀린 사람'에게 한 나라의 수도가 줄 수 있는 게 그런 건가 보다. 그 사람이 베풀어준 파티와 따스함, 혼돈, 한바탕 욕설, 그 외에도 우리를 짜증나게 하는 수많은 것들과 짜증을 내는 행위를 통한 자기 각성의 대가로.

우리 우정이 어떻게 끝났냐고? 물론 한바탕 욕설로 끝났다. 처음부터 예견된 일이었다. 모든 관계에는 본질적으로 갑자기 끝나버릴 위험이 잠재하고 있지만, 나는 니키와 친구가 되었을 때부터 갑작스러운 결말은 여러 가능성 중 하나가 아니라 이 관계가 끝을 맺을 유일한 방법임을 알고 있었다. 니키와는 그 어떤 우정도 영원하지 못하리란 것을 확신하고 있었으면서도 막상 정말 끝이 나자 허를 찔린 기분이었다. 죽음과 비슷하다고 할 수 있다. 모두가 죽는다는 건 알지만 평소에 자기 손을 바라보면서 언젠가 그 손에서 힘이 빠지고 차게 식어버린다는 생각을 하는 사람은 거의 없을 터다. 우리의 끝은 그해 여름에 시작되었다. 아직은 사이가 좋았던 그때, 니키는 아일랜드에 갈 예정이었고 나는 새로운 친구 샐리와 함께 살기 위해 이사 준비를 하고 있었다. 샐리와는 만나자마자 친해졌는데, 마침 리딩예*의 저택에 사는 아버지가 배를 타고 세계 일주를 하는 동안 그 집에서 지낸다고 했다. 나는 도심 풍경에서 벗어나 숲과 가까운 더

---

*스톡홀름 동쪽에 위치한 교외 지역의 섬.

넓은 곳에서 살 생각에 들떠 있었다. 니키는 언제 돌아올지 모른다고 했다. "영원히 거기서 살지도 몰라. 거기서 결혼하고 소설 쓰면서 제임스 스페이더 닮은 가톨릭신자의 아이들을 키우며 사는 거지. 솔직히 그만한 인생도 없잖아." 니키가 짐을 싸는 과정은 산만하기 짝이 없었다. 가방 여러 개에 짐을 채웠다 비웠다 다시 채우기를 반복했다. 타자기를 넣었다가 다시 빼고, 제임스의 대가족과 친구들에게 선물할 튜브형 캐비아와 스웨덴식 딱딱한 빵을 재배치했다. 빵이 과연 긴 여정에서 살아남을지 걱정스러웠고, 캐비아는 외국인 입맛에 맞는 경우가 별로 없는데다 며칠 동안 바닥에 널브러져 있는 것보단 냉장고에 넣어두는 게 훨씬 안전하다고 말하고 싶은 마음을 꾹 눌렀다. 나는 샐리의 저택에 들어가 살 계획이라고 이미 니키에게 말했지만, 니키가 없는 동안 이 집에서 지낼 다른 세입자를 찾아두겠다고 약속했다. 내 주변에는 다른 사람의 월세 계약을 넘겨받아 사는 친구들이 워낙 많아서 어려울 것도 없었다. "상관없어." 니키가 말했다. "네가 여기 살든, 다른 사람들이 들어와 살든." 나는 바닥에 앉아 있는 니키를 쳐다보았다. 타자기는 다시 가방

밖으로 나와 있었다. "월세 생각도 해야지. 누구라도 들어와야 월세를 내잖아." 내가 말했다. 월세는 니키가 관리했는데 내 몫을 요구한 적은 단 한 번도 없었다. 니키가 볼리비아에 있던 달에는 직접 우체국에 가서 월세를 낼 생각으로 고지서가 우편함에 꽂히길 기다렸는데, 아무리 기다려도 오지 않길래 니키가 미리 내고 갔나보다 했다. "월세 신경쓰지 마." 니키가 말했다. "그건 알아서 해결되니까. 여태 몰랐어?" 사람이 그렇게 멍청할 수 있다니 진심으로 놀랍다는 듯한 미소를 지으며 나를 쳐다보았다. 난 왜 몰랐을까? 돈을 쉽게 보는 태도, 돈 받고 일하는 직장에서도 거리낄 것 없던 행동, 때때로 나와 다른 사람들에게 후하게 베풀던 인심을 보고도? 나는 한숨을 내쉬며 니키의 여행 가방에 시선을 고정했다. 우리는 이제 각자 전혀 다른 길을 갈 운명이란 걸 이때쯤 직감했던 것 같다. "캐비아는 차갑게 보관해야지. 안 그러면 상해." 내가 말했다. 니키는 짐을 싸다가 탈락시킨 물건들을 바닥에 여기저기 흩뜨려놓은 채 며칠 후 떠났다. 냉장고에는 튜브형 캐비아가 한가득 있었다. 나는 쓰레기봉투 여러 개를 챙겨 냉장고 속의 음식을 모조리 쓸어 담아 마당의 수거함에 버렸다. 냉장고 선반을 닦고, 냉동 음식도 전부 버리고, 냉동실의 성에를 제거하고, 세탁실을 예약해 집에서 찾은 모든 옷가지와 침대 시트, 수건을 빨아 말리고 개켜서 장 속에 정리해두었다. 식탁에 말라붙은 음식물 자국과 촛농을 문질러 없애고, 청소용 걸레와 세제를 사서 할머니가 그랬듯 머리를 질끈 올려 묶고 라디오를 크게 튼 뒤 청소 본능을 발산했다. 유통기한이 곧 지날 것들을 찬장 선반에서 골라내고, 빈병들은 재활용 센터에, 죽은 화분과 깨진 접시, 컵, 부서진 안락의자, 불에 탄 토스터는 쓰레기장에 옮겼다. 바닥에 있던 것들을 모두 치우고 난 후에는 청소기를 돌리고, 양동이 속 물이 검은색이 되지 않을 때까지 대걸레로 닦았다. 내 매트리스는 길에 있는 대형 수거함에 버리고, 깨끗하게 빤 니키 침대의 시트를 정리한 후 문 안에 달린 줄에 열쇠를 매달고 집을 나섰다. 상트에릭스플란광장으로 향하는 계단을 오르다가 문득 발걸음을 멈췄다. 편지라도 쓰고 나올 걸 그랬다. 식탁 위에 쪽지를 남기든가, 그 집에 새로 들어오는 세입자가 내게 연락하고 싶을 때를 대비해 샐리의 전화번호라도 남겨야 할 것 같았다. 다시 집으로 돌아가 문 앞에 짐을 내려놓고 열쇠가 매달린 줄을 찾아 우편물 투입구로 겨우 빼내 문을 열었다. 니키가(가끔은 내가) 열쇠를 깜빡해서 누가 올 때까지 계단에서 기다려야 하는 일이 너무 빈번하게 일어나자 우리가 생각해낸 기발한 방법이었다. 나는 신발을 벗고 펜과 종이를 찾아낸 뒤 식탁에 앉았다. 전화가 몇 번 울리다가 끊어졌다. 주방에서는 세제 냄새가 났다. 나는 종이에 샐리의 주소와 전화번호를 적고, 어딘가에서 잘라내 냉장고에 붙여둔 비르기타 트롯시그의 사진 옆에 자석으로 고정했다. 사진 속에서 트롯시그는 가운데 가르마를 탄 검은 머리에 알 듯 말 듯한 미소를 짓고 있었다. 그때 다시 전화가 울렸다. 전화기는 거실 탁자에 있었다. 내가 예전에 샀던 자동응답기는 찾을 수 없었다. 니키가 다른 사람에게 줘버렸지 싶었다. "여보세요." 수화기 건너편의 남자 목소리가 답했다. "카롤리나니?" 카롤리나는 부모님이 지어준 니키의 본명이었다. "아뇨." 내가 말했다. "저는 같이 사는 친구예요. 예전에 같이 살던 친구요." 니키라고 해야 할지 카롤리나라고 해야 할지 망설이다 겨우 입을 뗐다. "니키는 아일랜드에 있어요." 상대방은 니키의 아버지였고, 어둡고 부드러운 목소리였다. 어머니의 건강이 좋지 않으니 니키가 집에 왔으면 한다고 했다. 나는 그의 말을 주의깊게 들으며 어떤 사람인지 상상하려 했다. 내게 니키의 아버지는 영화 〈화니와 알렉산더〉에서 얀 말름셰가 연기한 악당 베르게루스 목사 같은 사람이었다. 상대를 단번에 제압하는 눈빛에 짐승처럼 날카로운 이빨을 가진, 뼛속까지 악독한 악마여야 했다. 그러나 니키의 안부를 궁금해하고 관심을 보이는 목소리는 침실에서 속삭이는 시인 베페 볼게르스의 음성처럼 부드러웠다. "와, 거기까지 기차를 타고 갔다고요? 만난다는 그 남자 연락처를 알 수 있을까요?" 나는 전화번호도, 주소도, 심지어 성도 모른다고 솔직하게 말했다. 골웨이라는 위치만 알 뿐이었다. 니키의 아버지 요하네스는 잠시 침묵했다. 연필 끝을 깨무는 듯한 소리가 들렸다. 잠시 후 말이 이어졌다. "여기군요." 지도책을 보고 있는데 서쪽 해안에 위치한 골웨이는 스톡홀름에서 쉽게 갈 수 있고 그리 넓지도 않은 곳이라고 했다. 둘 다 말이 없었다. 일종의 제안 같은 간청이 느껴졌고, 요하네스는 결국 내게 "아일랜드 여행"에 관심이 있을지 직접 물었다.

나는 다시 대학교에 다닐 예정이고 곧 개강이라고 했다. "아직 8월 초잖아요." 요하네스가 말했다. "학기 시작하려면 아직 시간이 있지 않나요?" 나는 최대한 공손하게 거절했고, 또 한번 침묵이 흐른 후 요하네스는 자기 번호를 알려주며 마음이 바뀌면 연락하라고 했다. 연락처 수첩에 번호를 받아적고 전화를 끊었다. 그리고 정말 마지막으로 니키의 집을 떠났고, 바다에서 불과 몇 분 거리에 위치한 샐리의 저택 1층에 둥지를 틀었다. 샐리는 위층을 썼다. 우리는 토요일마다 청소했고, 각자의 층을 다 청소하고 나면 함께 주방을 청소한 후 샐리가 직접 구운 빵에 커피를 마셨다. 니키가 떠나기 전 미리 새 전화번호를 알려주었으니 전화가 오기를 기다렸지만, 아무런 소식도 듣지 못한 채 시간이 흘렀다. 학교 수업이 시작됐다. 나는 한 달이 채 되기도 전에 그만두고 어느 종합병원에서 시간제 대체 인력으로 일하기 시작했다. 내가 근무하던 병동은 간신히 목숨을 부지하고 있는 노인들로 가득한 곳이었는데, 어느 날 밤 한 남자가 어머니의 시신을 확인하고 마지막 인사를 하려고 병원을 찾아왔을 때 문득 니키 생각이 났다. 비정규직인 내겐 어떤 의무나 구체적인 앞날의 계획도 없었고, 다음날 요하네스에게 연락했더니 예전의 제안은 아직 유효하다고 했다. 니키 어머니는 병세가 심해져 하루라도 빨리 니키를 보고 싶어했고, 요하네스는 내게 우편으로 돈을 보내주겠다고 했다. 나는 짐을 싼 다음 시내로 나가 인터레일 카드*를 산 후 중앙역에서 영국과 아일랜드 파운드화로 환전했고, 다음날이 되었을 때는 코펜하겐으로 향하는 기차 창가 쪽의 내 자리에 앉아 있었다. 역에서 받은 열차 노선도를 찬찬히 살펴보다가 문득 팔레에게 전화해 나도 외국으로 모험을 떠난다고 신나게 외치고 싶어졌다. 하지만 코펜하겐 중앙역에서 엽서나 한두 장 사서 팔레가 알려준 주소 몇 곳으로 보내는 것 말고 달리 할 수 있는 건 없었다. 엽서가 먼길을 여행해 인도에 도착할 때쯤에는 지금의 내 발작적인 설렘이 남아 있을 것 같지 않았다. 팔레는 인도의 어느 길 위, 내게 말했던 형언할 수 없는 인파 속에 서서 내 엽서를 읽으며 생기라고는 없는 스칸디나비아의 차가운 바람을 아련하게나마 느낄지도 모

---

* 유럽연합 각국의 국유 철도를 일정 기간 내 이용할 수 있는 승차권.

른다. 그래, 반쯤 비어 있는 코펜하겐행 기차를 타고 떠나는 여행. 퍽이나 모험이다. 역 바깥의 빨간 우편함에 엽서를 넣고 돌아서는 순간 바로 후회하며 다음 기차가 기다리는 승강장으로 향했다. 사방이 거대한 배낭을 멘 젊은이들로 가득했다. 다들 삼삼오오 모여 있었는데, 기타나 카세트플레이어를 든 무리, 빵과 치즈, 맥주로 간소한 점심상을 차린 무리, 혹은 벽에 기대앉아 잠을 청하거나 담배를 피우거나 허공을 응시하는 무리도 있었다. 나는 그날 아침 벨기에 오스탕드에서 영국 하리치로 가는 배에 올라 다음날 아침 골웨이역에 내린 후 광장 맞은편에 있는 작은 호텔에 방을 구해 옷도 갈아입지 않은 채 침대 위에 그대로 쓰러져 잠이 들었다. 잠에서 깼을 땐 어두워져 있었다. 나는 침대에 앉아 안내 데스크에서 받은 지도를 자세히 들여다보며 본격적인 접근 방법을 구상하고자 했다. 인구가 7만 명인 도시에서 니키를 찾겠다니, 머릿속으로 생각만 할 때는 재미있었지만 이제 보니 그저 순진한 발상이었다. 나는 펜을 들고 지도를 스무 개의 구역으로 나눈 다음 하나씩 방문하며 모든 가게와 술집을 샅샅이 뒤지기로 했다. 제임스를 직접 만난 건 딱

한 번, 두 사람이 밤 비행기를 타고 즉흥 볼리비아 여행을 떠나기 직전 몇 시간이 전부였다. 함께 옥상에 있는 동안 두 사람은 매 순간 대화를 끊으며 강박적으로 키스를 나누었고, 서로의 입과 손을 향한 끌림을 주체하지 못한 채 신음만으로 대화를 이어갔다. 다른 사람에게 반드시 보여주어야만 하는 열정, 온 세상을 증인삼아 보란듯이 피어나는 사랑이었고, 나는 그 뜨거운 불 옆의 건조하고 싸늘한 존재로서 단적인 대조를 이루기 위해 거기 있다는 생각이 들었다. 키스의 분위기가 달라질 때 나는 집으로 내려왔다. 이십 분 후 헝클어진 머리로 내려온 니키와 제임스의 표정에는 고작 십오 분일지언정 고요한 밤거리에 소리를 더했다는 뿌듯함이 역력했다. 우연히라도 제임스를 만날 확률이 얼마나 될지는 몰라도, 보면 바로 알아볼 수 있다는 확신은 있었다. 도착하면 연락하기로 요하네스에게 약속했지만 방에 있는 전화기는 먹통이었고 안내 데스크까지 내려가고 싶지는 않았다. 가방을 뒤져 비닐에 포장된 머핀을 꺼내고 더블린역에서 샀던 1리터짜리 물병에 남아 있는 미지근한 물을 모두 마셨다. 샤워를 하고 양치질을 한 뒤 다시 침대 안으로 파고

들었다. 본명이 카롤리나인 니키는 본명이 에이드리언인 제임스와 살고 있겠지만 주소도, 전화번호도, 성도 몰랐다. 나는 딱 일주일만 찾아보자고 다짐했다.

비이성적인 과제에 체계적으로 접근하다보면 실제로는 희망 없는 일일지라도 어쩌면 성공할지 모른다는 희망이 생긴다. 체계적인 접근법은 그 자체로 어떤 면에서 의미를 부여하고 때론 즐거움까지 선사한다. 이렇게 겉으로 보이는 구조 때문인지, 무언가를 찾는 행위는 글쓰기와 무척 비슷하다. 목적이 있어 보이지만 실은 정처 없이 종이 위를 거니는 생각의 산책, 그리고 그곳에 있지만 사라진 사람을 찾기 위해 스무 개의 정사각형으로 나눈 낯선 도시의 지도. 나는 지도의 1번 사각형인 북동쪽 지역과 에어광장의 주변부터 시작해 윌리엄가에 있는 모든 술집을 기웃거렸고, 그 근처의 좁은 골목들로 아무렇게나 걸음을 옮겼다. 그날 오후에는 성당과 대학교가 있는 강 건너편의 2번과 3번 사각형 지역을 돌아보았다. 이어지는 며칠도 비슷하게 흘러갔다. 체계를 유지하려고 했지만 점점 충동에 굴복하며 버스를 타고 반대편까지 이동하거나 아탈리아 호숫가의 푸르른 언덕을 따라 햇살 아래 산책도 즐겼다. 우연히 발견한 거대한 도서관에도 들어가 모든 구역을 샅샅이 살폈다. 텅 비다시피 한 도서관에서 손가락으로 책등을 훑으며 통로를 지나는 니키의 모습이 그려졌다. 도서관 입구에는 각종 교재와 독서 모임, 기타 연주 수업 등에 관한 안내문이 붙은 커다란 게시판이 있었다. 뭘 찾는지도 모르는 채 대강 눈길만 주다가, 문득 다트 대회 얘기가 기억났다. 다시 안으로 들어가 사서에게 전화번호부가 있는지 물었다. 사서는 자리에서 일어나 과장된 손짓으로 입구의 유리문을 가리켰다. 문 바깥 인도에 있는 공중전화 부스가 어렴풋이 보였다. 가느다란 철샷줄에 매달린 얇은 전화번호부는 마치 담뱃불에 탄 자국이 그득한 스펀지 같았다. 나는 D 부분을 펼치고 목록에 있는 모든 다트 클럽과 다트 용품 상점 한 곳의 주소를 베껴 적었다. 상당한 집중력을 요하는 고단한 일이었고, 중국 음식점 카운터석에서 저녁을 먹고 나자 더는 계속할 힘이 없어져 다시 호텔로 돌아갔다. 다음날은 호텔 안내 데스크에 있는 전화기 앞에서 하루를 시작했다. 다트 클럽 주소들은 바뀐 지 오래였고 전화번호들은 없는 번호거나 다트에는 관심도 없는 이들의 번호로 바뀌었지만, 내게는 유일한 방법이었기에 이 방법을 고수하기로 했다. 다트 용품 상점의 주인에게 물으니 대회에 출전한 선수 중 에이드리언이라는 사람은 모른다고 했다. 하지만 대회 장소는 알고 있었고, 마침내 그곳에서 제임스를 찾았다. 어두운색 비닐 소파가 벽을 따라 놓여 있는, 9번 사각형의 크로스가에 위치한 어느 술집이었다. 친구들과 앉아 맥주를 마시던 제임스의 시선은 출입문 옆에 서서 자기를 바라보는 날 알아보지 못하고 지나쳤다가 환한 미소와 함께 이내 다시 돌아왔다. 한차례 포옹을 나눈 뒤 나는 제임스 옆자리에 끼어 앉았다. 니키가 보이지 않아서 어디 있는지 물으니 제임스는 고개만 흔들 뿐이었다. 같이 있던 친구들은 하던 얘기를 멈추고 손으로 맥주잔을 감싼 채 우리를 주시하고 있었다. 누군가가 재떨이에 올려둔 담배에서 연기가 피어올랐다. 제임스가 숨을 들이마시자 친구들은 이미 여러 번 들은 이야기지만 새로운 내용이 더 있지 않을까 하는 기대감에 몸을 앞으로 숙였다. 니키는 그야말로 의기양양하게 이 초록의 섬나라에 도착해 제임스의 모든 친구와 가족을 빠짐없이 안아주고,

술집 주인들 이름을 외우고, 다트라는 게임의 역사와 까다로운 규칙을 익히고, 제임스가 일하는 회계 사무소에 불쑥 찾아가 직원 한 명 한 명에게 자신을 소개했다. 골웨이라는 도시를, 도시의 길과 모든 연결망, 분위기를 파악했고 니키의 안정적인 수입, 즉 부모님이 다달이 통장에 넣어주는 돈 덕분에 샨탈라에서 제임스 가족과 함께 사는 대신 시내에 더 큰 집을 구해 옮길 수 있게 되었다. 제임스 말로는 정신없고도 재밌는 이사였다고 했다. 제임스의 형이 작은 차로 상자와 가구며 가방을 옮겨주었고, 짐을 풀거나 정리할 생각을 하기도 전인 그날 저녁 바로 집들이를 했다. 오래지 않아 제임스는 이 정리라는 것이 문제가 될 수 있음을 조금씩 깨닫기 시작했다. 스톡홀름의 집이 엉망인 건 이해할 수 있었다고 했다. 단둘이 사는 좁은 집에 끊임없이 사람들이 드나드니 어쩔 수 없었겠다고 생각했지만, 이번에는 문제가 달랐다. 제임스가 자기 짐을 풀어 서랍장과 벽장에 정리하는 동안 니키의 물건들은 가방 안에 그대로 있거나 가방 바로 바깥 혹은 바닥과 의자 위에서 새로 장만한 물건들과 섞이며 쌓여갔다. 일주일도 안 되어 제임스의 물건까지 그 안에 얽혀들어갔다. 소매가 잘린 제임스의 셔츠가 안락의자 위에 걸쳐진 상태로 발견되었고, 소파는 곧 음식물과 커피, 와인 자국으로 뒤덮였으며, 주방은 빈 그릇과 음식 찌꺼기뿐만 아니라 책, 신문, 레코드판, 뜯지 않은 우편물과 소설 초안으로 흘러넘쳤다. 첫 두 주는 제임스가 휴가를 내서 엉망진창 속에서도 소박한 삶을 꾸렸다. 낮에는 침대나 바닷가, 밤에는 술집이나 식당, 친구 집에서 시간을 보냈다. 제임스가 직장에 복귀하자, 니키는 주방에 자신만의 서재를 꾸려 책이 잔뜩 쌓인 식탁 앞에 앉아 타자기를 두드리며 욕설을 내뱉다가 종이를 구겨 바닥에 던져버리곤 했다. 제임스는 일을 마치고 집에 돌아와서도 주방을 치우고, 짜증이 점점 늘어가는 니키를 달래는 업무를 다시 시작해야 했다. 니키는 갇혀버린 기분이라고 했다. 자기 인생이 고작 이것뿐일 수는 없다고 소리를 질러댔다. 다시 함께 여행을 떠날 계획을 꾸렸지만 남미에 가든 미국을 횡단하든 돈이 필요한 일이니 제임스는 일을 해야 했다. 게다가 니키는 처음에 좋은 사람들이라고 평했던 제임스의 친구들이 이제는 자기가 없을 때 험담을 한다고 의심하기 시작했다. 친구들로서는 그럴 만했을지도 모른다. 니키가 특이하다는 건 반박할 수 없는 사실이었으니까. 가는 곳마다 온갖 성질을 부려 분위기를 흐리는가 하면 춤추기 적절하지 않은 상황에서 춤을 추거나 토라지기 적절하지 않은 상황에서 토라졌고, 스스로도 자기 감정을 견디지 못하면서 누군가에게 꼭 내비쳐야 직성이 풀렸다. 니키에게 끌리는 사람들은 남들이 싫어하는 바로 이런 성격에 끌린 것이기에 제임스는 끊임없이 니키와 친구들 사이에서 조정과 중재에 나서야 하는 상황에 놓였다. 니키와 함께하고파 했던 모든 이가 그랬듯 제임스도 니키의 기분을 파악하는 데 능숙해졌다. 집안에 발을 들이기도 전에 니키가 타자기를 두드리는 소리만 들어도 그날의 일진이 좋았는지 나빴는지 구분할 수 있게 되었다. 나머지는 이어지는 인사로 짐작할 수 있었다. 어느 날은 발랄하고 사랑스럽게 맞아주다가도 다음날이 되면 보자마자 까칠하게 으르렁댔다. 그런 날이면 저녁 내내 비난과 의심을 퍼붓는 연극이 이어지곤 했다. 손님답게 조심스러운 태도라고는 찾아볼 수 없는 사람이었으니 니키는 이상적인 손님과는 거리가 멀었다. 매일 도서관을 둘러보고, 사람들을 만나고, 새로운 것을 배우고, 저녁에는 아일랜드어 수업까지 들으면서도 어딘가 답답함을 느꼈다. "내가 더 잘할 수도 있었겠지"라는 제임스의 말에 자리에 있던 친구들 모두가 너는 할 만큼 했다고, 그 이상을 했다고 반박했다. 니키가 잠시나마 사라져서 기뻐하는 눈치였지만, 기분이 좋을 때의 니키가 정말 굉장한 사람이었다는 데는 모두 동의했다. 영리하고, 똑똑하고, 지적이고, 항상 더 배우려 하고, 기억력도 좋고, 재미있고, 근사한 사람이었다고. 니키가 딱 그런 상태였던 어느 날 모든 것이 끝났다. 그들은 술집에서 어울리며 다트 게임과 맥주를 즐기고 있었고, 니키가 그날 도서관에서 읽은 조지프 플렁킷*의 시 한 편을 암송해서 모두 기분좋은 혁명적 기운에 취해 있었다. 그때 누군가 무리 안에 들어와 제임스를 안았다. 제임스가 예전에 만난 에밀리라는 여자였다. 니키가 자기 애인이 과거에 만났던 여자들을 폭탄 다루듯 대한다는 걸 아직 몰랐던 제임스는 그만 큰 실수를 저지르고 말았다. 포옹을 반갑게 받아주며 에밀리와

---

* Joseph Plunkett(1887~1916). 아일랜드 부활절 봉기와 독립운동을 주도한 시인이자 독립운동가.

니키를 서로 소개한 것이다. 니키는 손을 내밀어 인사하며 가까스로 웃음을 지어 보였고, 이내 화장실로 사라졌다. 십 분이 지나도 나오지 않자 제임스가 니키를 찾으러 갔다. 니키는 팔짱을 낀 채 담배 자판기와 화장실 문 사이에서 기다리고 있다가, 모욕감과 분노가 머리끝까지 차오른 채 온몸에서 불을 내뿜듯 제임스에게 소리를 질러댔다. 주변은 마치 그 광기의 온도를 측정이라도 하는 듯 잠시 고요해졌다가 다시 평소대로 시끌벅적해졌다. "평생 그런 싸움은 처음이었어. 대체 뭐 때문에 싸우는지 단 일 초도 이해할 수 없었거든." 제임스가 말하고는 친구들을 바라보았다. "정절의 소급 적용이지. 스물여덟 살 먹고도 여전히 총각이길 바랐을지도 몰라." 맞은편에 앉은 친구가 씩 웃으며 말했다. 야구모자를 거꾸로 쓴 그 남자는 맥주잔을 입으로 가져갔고, 다른 친구들은 킥킥거리며 웃었다. "독점욕과 완전한 복종이라는 오만함 때문에 비이성적인 소유권을 주장한 거지." 그 옆에 앉은 남자가 거들었다. 나머지는 고개를 끄덕였고, 그 사람은 말을 이었다. "예쁘장한 전 애인의 등장에 조금 질투할 수는 있지만 그렇게까지 난리를 치는 건 좀 아니잖아." 제임스는 그 친구를 보다가 내게로 눈을 돌렸다. 내 생각을 묻는 듯한 눈빛이었다. "버려질까봐 무서웠을 수도 있지." 내가 말했다. "너무 두려운데 그 두려움을 감당할 능력도 너무 부족했던 거야." 다들 아무 말이 없었고, 한 명은 맥주를 더 시키려고 일어섰다. 니키는 그날 밤 바로 짐을 챙겨 떠났고 그후 모습을 보지 못했다고 했다. 그게 거의 일주일 전이었다. 제임스는 그리 걱정하는 눈치도 아니었고 찾을 생각도 없어 보였다. 그래 봤자 좋을 게 없을 거라고 했다. 짐작 가는 곳이라도 있는지 묻자, 야구모자를 쓴 남자가 강가에서 한 프랑스인이 인터레일 여행자와 단기 숙박객을 상대로 운영하는 게스트하우스를 알려주었다. 나는 식탁에 지도를 펼쳤고, 그 사람은 강 남쪽에 있는 어느 작은 동네를 가리켰다. "니키는 왜 찾아?" 지도 위에 내가 표시한 선과 메모들을 보며 제임스가 물었다. "만나야 할 일이 있어서." 내가 답했다. "주소나 전화번호도 모르고 내게 전화도 안 하니 이렇게 할 수밖에." 새로 주문한 맥주가 식탁에 놓였고 나는 자리에서 일어나 떠날 채비를 했다. 제임스는 지도 한 귀퉁이에 자기 주소와 전화번호를 적어주었다. "혹시 니키를 만나면 내가 안부 묻는다고 해줘. 그리고……" 제임스는 말을 잇지 못했다. "그냥 인사만 전해줘."

강가에 있는 그 게스트하우스는 선상 가옥이었다. 부두 정박이 허가되지 않아 뭍으로 옮겨왔는데 육지에 머무는 것도 허가가 나지 않아 다시 강으로 내렸다고 했다. 배의 소유주는 엉성한 프랑스식 영어를 구사하는 프랑스인이었고, 배 옆에 있는 친척 어른 집에 살면서 방음이 안 되는 그 집의 작은 방들도 빌려주고 있었다. 숙박료는 1박에 6파운드로, 아직 식탁에 차려져 있는 아침식사 뷔페와 공용 공간에서 항상 사람들과 어울리는 주인과의 대화도 포함한 가격인 듯했다. 니키는 그곳의 큰방에 묵었는데, 뭐 때문이었는지는 몰라도 그 프랑스인과 의견이 맞지 않아 내가 도착하기 전날 밤 떠났다고 했다. 기분이 잔뜩 상한 채 체크아웃도 없이 짐만 챙겨서. 게스트하우스 주인과 나는 정원에 있었고, 그 사람은 사무용 의자를 잔디밭으로 끌고 나와 앉아 있었다. "니키가 맞는 것 같네요." 내가 말했다. 프랑스인은 게스트하우스 안으로 들어가 위층으로 올라갔고 나는 그 뒤를 따랐다. 오래된 방직공장 내부에 석고보드로 벽을 세워 여러 개의 방으로 개조한 건물이었다. 맨 꼭대기 중앙의 개방형 주방에는 몇몇 투숙객이 식탁에 둘러앉아 맥주를 마시며 담배를 피우고 있었다. 니키는 모퉁이에 있는 방을 썼고, 그 안에 들어서니 확실히 니키가 좋아할 만했겠다는 생각이 들었다. 초록의 산울타리와 정원, 그 아래의 강이 내다보이는 경치에 널찍한 침대, 탁자, 독서등, 문이 있는 전용 화장실까지 딸린 방이었다. 프랑스인이 화장실 문을 열더니 불을 켜고 안을 들여다보았다. "이걸 두고 갔나봐요." 세면대 옆 고리에 걸린 비닐봉지를 집어들며 그가 말했다. 어느 가게 이름이 적힌 그 봉지 안에는 사용한 수건과 젖은 수영복, 그리고 수영복 습기에 축축해진 낡은 『늪지대 왕의 딸』 한 권이 들어 있었다. 나는 혹시라도 골웨이에 계속 있게 된다면 꼭 거기서 묵기로 프랑스인과 약속하고는 그 봉지를 챙겨 떠났다. "이 방을 써도 돼요." 그가 말했다. "좋죠." 나는 답했다. 그날 저녁, 제임스에게 전화를 걸어 니키를 만나기는 했는데 그렇지 않기도 하고, 시야에 잡히기는 했지만 다시 사라졌으며, 이제 포기하고 집에 가야겠다고 말했다. 어쩌면 니키도 같은 생각을 하고 원래 살던 스톡홀름 아틀라스의 집으로 벌써 돌아가고 있는지도 모른다고. "아냐, 니키 여기 있어." 제임스가 말했다. "어젯밤에 집에 돌아오니 와 있더라고. 이제 다 괜찮아." 나는 호텔 안내 데스크 카운터의 전화로 통화중이었다. 직원은 깜빡거리는 화면 앞에서 키보드로 무언가 입력하고 있었다. "니키랑 통화할래?" 제임스가 물었다. "지금 화장실에 있어." 나는 벽에 걸린 시계를 보았다. 일곱시 삼십분이었다. "아냐, 내가 그리로 갈게." 아직도 그때 그 빛나는 빨간색 전화기, 수화기와 전화기를 연결하는 꼬불꼬불한 줄에 감긴 내 검지, 그리고 차를 홀짝이며 나를 흘깃거리던 직원을 기억한다. 니키를 찾은 일은 임무의 성공적 완수이자 승리였지만, 나에게만 그랬다. 니키는 발견되지 않으려고 최선의 노력을 다했다. 새 주소가 적힌 엽서를 보내지도 않았고, 전화번호를 남기지도 않았다. 사라지고만 싶은 사람과 술래잡기를 하다 기어코 찾아내고 말았으니, 내가 한 일은 니키에게 사생활 침해였을 것이다.

두 사람의 집 식탁에서 과자를 먹고 차를 마시다가 내가 왜 왔는지 니키가 알아차리기까지 이십 분이 걸렸고, 그후 계단에서의 한바탕 욕설로 우리 관계는 끝을 맺었다. 어머니의 병세가 심각하다고 말할 때 니키의 얼굴에 드리우는 그늘을 본 듯했지만 내 상상일 수도 있다. 나는 잠시나마 아버지에게 포섭되고 만 내가 니키를 찾으러 나섰고 이로써 우리 우정을 배반했다는 사실이 어머니가 위중하시다는 시급한 사안에 묻힐 수도 있겠다고 생각했다. 착각이었다. "네 물건 챙겨서 내 인생에서 꺼져줘." 니키가 침착하게 말했다. 그러더니 자리에서 일어나 언성을 높였다. "정말 피곤해, 피곤해 죽겠어, 피곤하다고!" 니키 머릿속에 있는 감정의 신들이 헷갈린 것 같았다. 니키는 피곤한 게 아니라 화가 나 있었다. 우리는 계속 스웨덴어로 대화했고, 음성의 높낮이만 알아듣는 제임스는 니키의 팔에 손을 올렸다. "너까지 보태지 마!" 니키가 제임스의 손을 뿌리치며 스웨덴어로 소리를 질렀다. 나는 식탁에서 일어나 복도까지 걸어나왔다. 니키가 따라나왔고, 제임스는 니키 뒤를 따랐다. 원목 마루, 다양한 색으로 칠한 문틀, 싱싱한 식물이 담긴 큰 화분이 모퉁이마다 놓인 멋진 집이었다. 제임스와 니키는 같은 울양말을 신고 있었지만, 얇은 면양말만 신은 나는 발이 시렸다.

가까스로 현관에 도착해 문을 열 때 니키가 마지막 욕설을 불처럼 뿜어내자 그 소리가 계단 통로에 쩌렁쩌렁 울렸다. 이렇게 날 떨쳐내리란 건 니키와 처음 친구가 됐을 당시부터 예정된 결말이었고, 항상 위험할 만큼 얇은 살얼음판을 걷는 기분이었으니 어느 정도 마음의 준비는 되어 있었다. 그렇지만 니키가 일그러진 얼굴로 내뱉은 마지막 말에는 내 안의 무언가가 부서졌다. "널 친구로 생각한 적 없어. 나쁜 년. 넌 진짜 나쁜 년이야."

나는 그날 밤 기차로 떠났고 이틀 후 샐리의 집 현관에 들어섰다. 욕조에 있는 동안 샐리가 집에 돌아왔다. 샐리는 문을 열고 고개를 빼꼼 내밀어 인사한 후 회토리에트광장시장에서 사온 신선한 꾀꼬리버섯과 레드와인 한 병을 흔들어 보였다. 와인이 바닥을 드러내자 샐리는 코냑 한 병을 더 꺼냈고, 그렇게 술 파티가 시작되어 우리는 택시를 타고 시내로 나가 사람들이 질색할 정도로 춤을 춰댔다. 요하네스에게는 바로 연락하지 않고 미루다가 일주일쯤 지났을 무렵 전화를 걸었다. 질문에 어색하게 답할 일 없이 간단한 설명만으로 용건을 끝내버리고 싶었다. 이런 상황을 위한 최고의 발명품인 자동응답기가 받길 바랐지만, 요하네스는 바로 수화기를 들었다. 나는 니키를 찾았지만 오고 싶어하지 않았다고, 고향으로 돌아오도록 내가 더 잘 설득할 수도 있었겠지만 그래도 나름대로 최선을 다했다고 대강의 상황을 설명했다. "무슨 말인지 이해가 잘 안 되네요." 요하네스가 말했다. "딸아이는 집에 왔어요. 당신과 만난 다음날 비행기로 돌아와서 소냐와 이틀을 함께 보냈습니다." 나는 의자에 털썩 주저앉아 커다란 창문 밖으로 보이는 정원을 응시했다. "소냐요?" 요하네스가 한숨을 내쉬었다. "카롤리나 엄마 이름이 소냐예요. 세상을 떠났습니다. 카롤리나가 집에 돌아올 때까지 기다렸나봐요." 요하네스는 무척 상냥하고 차분했다. 아내와는 사별했지만 잃었던 자식을 무사히 집으로 데려온 것이다. 비록 오래 머물게는 못할지라도. 나는 짐을 정리하다가 여행 가방 안쪽에서 수건과 젖은 수영복, 『늪지대 왕의 딸』이 담긴 비닐봉지를 발견했다. 물에 불어 울퉁불퉁해진 그 책은 지금까지도 내 책꽂이에 있다. 잊을 만하면 한 번씩 인기를 모으는 비르기타 트롯시그 덕에, 지금도 그 작가 얘기를 들으면 그때 우리가 살던 집이, 주방에 서서『늪지대 왕의 딸』을 소리 내어 읽는 동안 사람들에게 조용히 하라고 하던, 홀로 자기만의 세상에 있으면서도 확신과 열정으로 가득했던 니키가 생각난다. 지금도 그 책만은 누구에게도 빌려주기 싫다.

알레한드로

내가 폭풍을 기다리던 때, 폭풍이 몰아쳤다. 어딘가로 휩쓸려 무언가에 휘말리기를 고대하던 차에 정확히 내가 바라던 바를 얻는 행운과, 내가 바란다고 생각했던 것을 모두 얻는 불운과, 열정적인 사랑을 하고 싶다는 기도가 이루어지는 행운과 불운을 얻은 셈이다. 새천년을 고작 사 개월 앞둔 그때, 나는 오르스타에 있는 우리집 침대 위에서 크리스티안 옆에 엎드려 아기에 관한 열정적인 연설을 듣고 있었다. 우리의 사랑을 나누는 행위가 다다른 곳이었다. 크리스티안은 의회 정당 사무실 소속으로 사설과 방송 담화문, '분

노한 시민'의 편지, 법안 발의문, 언론 홍보 자료, 의원들의 블로그 포스팅 등을 작성하는 일을 했었다. 이는 곧 그가 자기주장의 인간이라는 의미였다. 자신의 주장, 시시때때로 변화하는 타인의 주장, 미래의 주장, 아직 깨닫지 못했지만 곧 하게 될 주장까지. 자기주장은 그가 하는 일의 원자재였고, 단어를 키우는 흙이었다. 지금은 환경 단체에서 홍보 책임자로 일한다. 서로 겹치는 지인이 있어 가끔 행사에서 마주치지만, 나를 보면 고개만 끄덕하고 다른 곳으로 눈을 돌린다. 마치 상처가 아직 아물지 않았다는 걸 내게 상기시키듯이. 크리스티안은 한 손은 내 허리에, 코는 내 머리카락에 박은 채 아기("하나 또는 둘 또는 셋 또는 다섯")에 대한 자신의 주장을 열렬히 펼치고 있었다. 미래의 아기 이름을 고르다보면 흔히 품게 되는 환상에 고무된 상태였다. 단테, 막스, 빌메르, 마위아, 넬손, 로바, 미란다, 베리트, 마르가레타, 율리아, 바시안, 벨라. 요뉘, 콘뉘, 손뉘, 론뉘까지 나올 때쯤 되자 다 장난 같긴 했지만 사실 이건 박람회장 부스에 로비스트들이 마련한 아기자기한 사탕 단지와 비슷했다. 잠시 쉬어가도록 자연스레 이끌어 기분좋은 상상에 취해 농담을 주고받으며 수다를 떨게 하는 역할 말이다. 프랑크와 빌뤼가 제일 좋다는 내 말에 크리스티안은 웃음을 터뜨렸고, 구체적인 대화가 오가더니 어느새 갑자기 거래가 성사되었다. 나는 그때부터 쉽게 대체할 수 있는 사람이 된 기분이었다. 그의 의견이나 동료, 고객처럼, 청바지와 명품 재킷 차림의 그가 열렬히 떠받드는, 책꽂이에 줄지어 꽂힌 두꺼운 자료집 속에 정리된 거대한 시스템 속 하나의 부품처럼. 그러나 크리스티안이 팔뚝에 내 이름을 문신으로 새기며 그게 사실이 아니라는 걸 증명할 때쯤 내 마음은 이미 떠나는 중이었고, 박스홀름*에서 돌아오는 택시의 뒷좌석에서 알레한드로와 섹스를 한 다음이었으니, 돌이켜보면 누가 누구에게 대체할 수 있는 상대였는지 가늠하기는 어렵다.

알레한드로는 그 어떤 악기에도 이렇다 할 재주가 없어서 좀비 우프의 초기 멤버로 발탁되지는 않았다. 하지만 어느 날 밤 그가 공연중 충동적으로 무대에 올라 음악에 맞춰 몸을 움직인 순간 밴드가 결성 이후 처음으로 완전해졌다

---

* 스톡홀름 근교 도시.

는 전설이 있다. 나중에 누군가 그의 손에 탬버린을 쥐여주긴 했지만, 누구든 무대 위의 알레한드로를 보는 즉시 그의 손에 무슨 악기가 있는지는 잊어버렸다. 보고 있으면 최면에 걸린 듯 눈을 뗄 수가 없었다. 움직임이 어찌나 헌신적인지 '춤'이라는 단어로는 부족했다. 리듬이 물리적 형태를 가질 수 있도록, 질질 끌지도 머뭇거리지도 않고 자신의 몸을 그대로 내맡기는 쪽에 가까웠다. 그의 움직임은 음악 그 자체, 내가 한 번도 경험한 적 없지만 사귀기 시작한 후 그가 환각에 빠졌을 때의 느낌에 빗대며 설명해주었던 음악 그 자체였다. 환각 속에서 그는 소리와 물질은 결국 같은 존재고, 음악이 곧 건축이고 건축이 곧 음악이며, 우리가 내버려두기만 한다면 감각은 서로 자유자재로 만나 어우러져 상상하는 것 이상을 알려준다는 걸 깨닫게 된다고 했다. 알고 보니 알레한드로는 다양한 종류의 약물을 접했고, 그중에는 내가 들어본 적조차 없는 것들도 있었다. 우리가 처음 만난 곳은 파싱이라는 클럽이었다. 나와 친구들이 들어갔을 때는 밴드가 연주를 막 시작하려던 참이었고, 알레한드로는 한 발을 앰프 위에 올린 채 누군가와 대화를 나누고 있었다. 고개를 돌려 우리가 자리잡는 모습을 바라보던 알레한드로와 나의 눈이 마주쳤다. 그날은 샐리와 다른 친구들과 함께 음악과 맥주가 있는 곳이라면 어디든지 가자는 단순한 생각으로 나왔다가 시내와 쿵스홀멘 중간에 있는 그 연기 자욱한 단골 재즈 클럽까지 오게 된 것이었다. 샐리를 포함한 다른 친구들은 한 시간쯤 있다가 다른 곳으로 옮겼지만, 나는 꼼짝할 수조차 없는 듯 그 자리에 남았다. 알레한드로는 빨간 캔버스 운동화에 검은 스키니 바지를 입고 있었고, 잠시 후 흰 셔츠의 단추를 풀어헤치자 그 안에 받쳐 입은 흰색 민소매가 드러났다. 머리는 목덜미쯤에서 가지런히 하나로 묶여 있었고, 나는 한 곡이 끝날 때마다 온 마음을 다해 제발 다른 곡을 또 연주하기만을 간절히 빌었다. 내 소원은 오직 그것뿐이었고, 그곳에서 나라는 인간은 다른 곡이 시작하기만을 기도하는 수수께끼 같은 열망 덩어리에 지나지 않았다. 제발 한 곡 더, 한 곡만 더 저 사람과 함께할 수 있다면. 좀비 우프는 두 퍼커션과 드럼, 피아노, 신시사이저, 콘트라베이스, 그리고 이따금 무대 구석의 자기 자리에서 일어나 솔로 연주를 뿜어내는 트럼펫으로 구성된 밴드였고,

강한 리듬의 독특한 일렉트로 재즈 음악을 구사했다. 알레한드로는 어떻게 보면 밴드의 얼굴 역할로, 그들이 발매한 유일한 음반의 커버에 실렸지만 정작 녹음에는 거의 참여하지 않았다. CD로 발매된 그 음반의 판매량은 총 200장이었고, 어떤 음악인지는 이 숫자로 충분히 설명되리라 믿는다. 눈으로 봐야 하는 즉흥적 음악, 실제 관객을 만나서 얻는 에너지로 현재에 맞게 변화하는 음악이었다. 좀비 우프 멤버들은 모두 다른 활동들로 바쁜 전문 음악인이라 리허설을 하는 경우는 드물었고, 공연 한 시간 전에 만나 커피를 마시며 어떤 곡으로 시작할지 즉석에서 정하는 방식으로 움직였다. 준비는 그것뿐, 나머지는 주어지는 대로 공연장의 분위기에 맞춰 정해졌다. 알레한드로의 춤은 공연을 이끄는 안내자였다. 음악이 연주되는 동안은 완전히 집중하며 자기 내면에 빠져 있었지만, 연주가 끝나고 다음 곡을 준비할 때는 여유 있게 무대 위를 거닐며 유리병에 담긴 물을 마시기도 하고, 마이크 앞에 서서 영어나 스페인어, 스웨덴어로 몇 마디 하거나 박수쳐준 관객에게 고맙다고 인사도 하고, 다음 곡과 멤버들 소개, 다가올 공연 안내를 하기도 했다. 알레한드로가 말할 때 나를 염두에 두고 있다는 느낌을 받은 적은 몇 번 있었지만 당연히 내 상상이라고 믿다가 혹시 그 믿음이야말로 내 상상이 아닐까 생각했는데, 공연 후반에 곡을 소개하며 "검은색 옷을 입고 외롭게 혼자 있는 저 숙녀분을 위해"라고 했으니 실제로 그랬다. 나는 답으로 손을 흔들어 보였다. 우리 사이의 시작이었다.

샐리와 나는 아무 이유 없이 밤에 시내로 자주 나갔다. 우리 둘만일 때도 있었고, 지인들에게 전화를 돌려 나중에 누군가 합류하기도 했지만, 어쨌든 밖에서 만나는 수많은 낯선 이들과의 대화나 맥주, 음악이 목적이 아니라 일종의 자유로움을 느끼려는 외출이었다. 만약 우리가 다른 곳에 사는 다른 사람들이었다면 낚시를 하러 간다든가, 알몸으로 바다에 뛰어들었다가 해변의 바위 위에 앉아 수평선을 바라본다든가 하는 방식으로 같은 기분을 느끼려 했을 것이다. 당시 샐리의 아버지는 몇 해 전 태평양을 항해하던 도중 실종된 상태였다. 그로부터 일 년 남짓한 시간 동안 아무도 그의 생사를 몰랐고, 아직 살아 있을지도 모른다는 믿음이 있을 때는 친구들과 모여 술집이나 식당에 앉아 그 가능성을 논의하곤 했다. 술집은 희망을 찾기에, 특히 희망이 부족할 때 있을 만한 최고의 장소다. 그해가 저물 무렵이 되자 샐리는 더이상 혼자 있을 수 없을 지경이 되었다. 혼자 있을 때는 영락없이 지도를 끼고 집에 틀어박혀 필리핀해의 물결과 직각으로 만나 서쪽으로 이동하며 배를 북쪽으로 밀어내는 바람이나, 적도 바로 위 열대 바다를 소용돌이치게 하는 바람을 상상할 뿐이었다. 우리는 바람이 불지 않는 퓌라 크노프나 페닉스, 인디고의 창가 자리에 앉아 수프를 먹었고, 샐리 아버지가 시신으로 발견돼 집에 돌아왔을 때도, 장례식이 끝나고서도 그곳에 모였다. 그러나 그날은 수요일 밤이었고, 나는 크리스티안을 홀로 침대에 남겨둔 채 부슬부슬 내리는 비를 뚫고 자전거로 샐리의 집으로 가서 차와 와인을 마시며 친구들에게 전화를 걸었다. 휴대전화가 있는 사람도 있고 없는 사람도 있을 때였다. 집전화에 자동응답기가 연결돼 있어 외부에서 메시지를 확인하는 사람들도 있었다. 직장에서 업무용으로 제공한 휴대전화를 사적인 용도로 몰래 사용하는 사람들도 있었다. 소리를 내며 반짝이는 오래된 삐삐를 사용하는 친구도 한 명 있었다. 샐리는 그

전 해에 리딩에 있던 아버지 집을 팔고 말름고르스베겐에 작업실이 딸린 집을 사서 오래된 안락의자와 소파에 새로운 삶을 주고 싶어하는 이들을 위해 가구 수선 일을 시작했다. 나는 아직 완성 전이어서 상판 주위로 못이 삐죽삐죽 튀어나온 색바랜 의자에 앉아 있었다. 샐리는 페인트와 접착제로 얼룩진 작업복 차림이었으나 곧 갈아입을 참이었다. 친구가 된 지 얼마 안 됐을 무렵에는 혹시 서로 사랑하고 있지는 않은지 고민한 적도 있었지만, 그런 감정은 곧 가라앉고 훨씬 더 오래갈 다른 감정에 자리를 내주었다. 몇 년이 가도 끊이지 않고 이어지는 대화, 소유를 따지지 않는 진정한 사랑, 각자의 삶에서 맞이하는 새로운 국면을 견디게 해주는 굳건한 연대. 우리가 알고 지낸 세월 동안 내가 샐리의 소파에 앉아 눈물을 흘린 날은 셀 수도 없을 만큼 많았고, 소파는 바뀌어도 우는 일엔 거의 변함이 없었다. 웃고, 사랑하고, 못난 꼴을 보이고, 질투하고, 실패하며 우리는 어떻게 그러지 않을 수 있냐는 듯 자연스럽게 서로의 삶에 엮였고 상대를 지키겠다고 암묵적으로 합의했다. 만약 무인도에 딱 한 사람만 데려갈 수 있다면 두말할 필요도 없이 서로를 데려갈 그런 관계 말이다. 우리는 식탁에 앉아 있었고, 샐리는 신문의 공연 소개와 일정을 확인했다. "으스스한 대나무 재즈와 깜짝 댄스파티, 어때?" 샐리는 내 쪽으로 신문을 밀어놓고 방으로 들어가더니 여름에나 입을 법한 원피스를 입고 나왔다. "좀 있으면 10월이야." 내가 말했다. 샐리는 어깨를 으쓱하며 내 옷차림을 가리켰다. "너는 어떻고? 맨날 장례식 가는 차림이면서." 우리는 집에서 나와 버스를 타고 공연 장소로 향했고, 줄 선 사람들 속에서 아는 얼굴 몇몇을 마주쳤다. 그때 시각은 저녁 여덟시였다. 그로부터 몇 시간 후, 공연을 끝낸 좀비 우프 멤버들이 있는 연기 가득한 방의 문을 조금의 망설임도 없이 두드린 뒤로 내 인생이 새로운 길에 들어섰기에, 그 이전의 일까지 모두 이상할 정도로 생생하게 기억난다. 쿵스브론가의 젖은 아스팔트, 바사가탄가 모퉁이 버거킹 밖에 서 있던 한 무리의 청소년들, 얇은 재킷 속에 여름 원피스를 입은 탓에 덜덜 떨던 샐리가 "빨리 좀 들어가자!"라고 재촉하며 이로 휴대전화 안테나를 물어 뽑아내던 모습까지. 되새겨보니 평범하고 뭘 몰랐던 순간들이었고, 순진하고 산만했던 그때의 나는 인생에서 타오를 만한 불은 이미 다 겪었으니 이제 중대한 순간도, 삶을 송두리째 뒤흔들 결정의 기로에 설 일도 없을 거라 여겼던 듯하다.

그날 저녁 전까지만 해도 인간이란 본질적으로 이성적 존재라고 믿었다. 간단하든 복잡하든 의식적이든 착각했든 설명할 수 없는 이유로든 어쨌든 대체로 계산 결과에 따라 행동하며, 그 계산에는 무언가를 얻거나 이용하거나 행복과 기쁨, 어쩌면 즐거움을 느끼려는 의도가 포함되어 있다고 말이다. 인간은 근본적으로 현명하고 언제나 자신과 타인에게 무엇이 최선인지 생각하니까, 모두가 따르게 되어 있는 일종의 의지가 있다고 믿었다. 하지만 그날 저녁, 나는 건조한 가을 날씨에 갈라졌지만 그날 밤을 즐기며 따뜻해진 내 손에 시선을 고정한 채 무대 관계자 전용이라는 손글씨가 붙은 문을 두드렸고, 내 믿음이 틀렸음을 깨달았다. 그런 계산은 사건이 이미 일어난 후 우리의 충동에, 삶을 실제로 주도하는 미친 들개에 갖다붙인 명분에 불과했다. 나는 샐리의 집 소파와 안락의자, 아틀라스에 있던 니키의 집 옥상, 내가 전전했던 여러 직장의 휴게실, 대학교 캠퍼스 카페와 그 외의 여러 장소에서 이성의 충직한 신봉자 역할을 고수

했었다. 니키가 종종 "인간이 어리석기 그지없는 존재임은 역사가 증명한다"고 할 때 단 한 번도 그 말에 동의하지 않았고, 역사는 오히려 인간의 합리성과 판단력, 심지어 선의까지 증명한다고 반박했다. 원론적이고 일반적이며 어쩌면 시시할 수도 있는 대화였지만, 인간이 이성적 존재라고 믿는 편이 살기에 더 편했다. 그래야 나도 좋은 사람이 되었다. 완전한 사람이 되었다. 그런 믿음 덕에 어두운 지하세계로 빠지지 않을 수 있었다. 파싱에서 좀비 우프를 만난 다음 날, 나는 니키와 다른 사람들에게 전화를 걸어 그들이 옳았다고 말해주고 싶었다. 출근길 지하철에 앉아(당시 나는 솔나에 위치한 어느 출판사에서 교재를 편집하는 일을 했다) 주변 사람의 얼굴을 바라보다가, 모든 이의 피부 아래 광기가 도사리고 있음을 처음으로 깨달았다. 어느 혼돈 이론가가 예측 불가한 변수의 집합이라 정의했던, 영원히 변하지 않는 거친 광기였다. 그동안 내가 보지 못했을 뿐 지금까지 항상 그랬다고 생각할 수밖에 없었다. 그날 저녁에는 아무 일도—그러니까 '그런 일'은—일어나지 않았지만, 내가 문을 열고 안으로 들어서자 알레한드로는 마치 기다리고 있었다는 듯 나를 올려다보았고, 몇 시간 후 헤어질 때는 말로 표현할 필요조차 없는 서로를 향한 확신을 느꼈다. 알레한드로의 외가 쪽 가족은 소비부르*에서 몰살당했고, 아버지는 1973년 9월에 빅토르 하라**와 함께 칠레 국립 경기장***에 끌려간 적도 있으며, 춤은 스톡홀름 발레 아카데미와 영국의 어느 무용단에서 익혔지만 원래 몸에 내재해 있었다고 했다. 나는 나중에 샐리나 다른 친구들이 물어볼 때를 대비해, 그리고 미래의 나를 위해 그가 말해준 모든 정보를 빠짐없이 기억하려고 노력했으나 정보는 그저 껍데기였을 뿐이었다. 제목마다 조직과 세계화라는 영어 단어가 포함된 두꺼운 책들이 침대 옆 탁자에 놓여 있는, 말끔히 정돈된 크리스티안과의 일상 속에서 나를 가슴 두근거리게 만든 그 순간들과는 비교할 수 없었다. 다음날 아침 나는 두근거림을 느끼며 크리스티안 옆에서 깨어났고 그날 저녁에는 다시 샐리의 집 소파에 앉아 있었다. 손님이 맡겨두고 찾아가지 않

---

* 나치의 유대인 절멸 수용소가 있던 곳. 현재 폴란드의 루블린 지방.
** Victor Lidio Jara Martinez(1932~1973). 칠레 민중가수이자 사회운동가.
*** 1973년 칠레 군사정권 쿠데타 당시 수용소와 처형장으로 사용되었다.

은 부드러운 구식 소파였고, 새로 덧씌운 빨간 리넨에는 보라색 꽃무늬가 그려져 있었다. 현실에는 없고 인간의 환상 속에서만 존재하는 꽃, 자유로운 예술가들이 으레 그러듯 자연을 관찰하다가 아예 만들어낸 듯한 그냥 꽃이었다. 우리는 차를 마시고 겨자가 들어간 그릴드 치즈 샌드위치를 먹었다. "빅토르 하라?" 난 고개를 끄덕였다. "소비부르?" 나는 다시 고개를 끄덕였다. "그럼 너는 세 시간 동안 무슨 얘기 했어?" 샐리와 나는 긴 탁자 옆에 나란히 앉아 있었다. 영화 〈해피니스Happiness〉*의 비디오테이프가 아직도 케이스에 담긴 채 접시 앞에 놓여 있었지만 굳이 서둘러 VCR에 넣을 생각은 없었다. 영화를 보자고 하고선 이렇게 비디오테이프를 건드리지도 않는 날이 많았다. 나는 어깨를 으쓱했다. 솔직히 알레한드로와 무슨 얘기를 나눴는지는 아무 기억이 없었고, 그저 그를 내 안에 빨아들였다는 것만 알았다. 그의 춤과 움직임, 무대 위를 날렵하게 움직이던 빨간 운동화, 웃을 때면 더 많아지는 괄호 모양의 입가 주름, 크

---

* 1998년 제작된 토드 솔론즈 감독의 코미디 영화.

리스티안이라면 포인트를 벗어났다며 단칼에 잘라버렸을, 정리 안 된 문장과 연상작용과 질문을 쏟아내던 그의 말투가 아직도 내 안에 남아 있었다. 앞으로의 일들은 모두 거기에서 일어날 듯했다. 이 피상적 정보 옆의 자잘한 순간 속에서. 그곳 말고는 다른 곳에 있고 싶지도 않은 기분이었다. 그 안에 뭐가 있는지도 몰랐지만 알레한드로의 내면 깊이 가라앉고, 우리 둘 안에 빠져들고만 싶었고, 목 언저리에 묶여 있던 머리를 풀어 다시 정리하는 그의 손을 상상하면 그 손의 존재, 그 손이 알레한드로의 몸에 붙어 뇌에서 내리는 명령을 따른다는 사실, 그가 정말 온전히 살아 있는 사람이며 밤이 되면 나와 함께 온 도시를 유랑하고, 지금까지 길거리를 걷고 있었든 아니면 자기 집 침실에 있었든 간에 아무튼 어딘가에 있었던 사람이고 지금까지 줄곧 어딘가에 있었으며 어디든 있을 수 있었다는 사실만으로도 몸이 떨렸다. 다른 건 필요 없고 이전에도 백 번은 그랬듯 그냥 빨리 영화를 틀고 소파에 웅크려 있다가, 샐리가 덮어준 담요 아래서 엔딩 크레디트가 올라갈 때쯤 깨어나고 싶었다. 모든 장기가 재배치되고 생각까지 바뀌며 신체 내부 전체의 구조가 달라진 듯 몸이 아프고 열이 났다. 나 자신과의 관계, '나'라는 존재가 이상하리만치 헐거워진 느낌이어서, 아주 미세한 떨림만으로도 그 사이를 잇는 끈이 끊어져 내 삶이 우주 먼 곳으로 떠나버릴 것만 같았다. 샐리는 탁자 위의 비디오테이프를 집어들더니 아무 감흥 없이 겉면의 설명을 읽었다. "언제 다시 만날 거야?" 테이프를 다시 내려놓으며 샐리가 물었다. "나도 몰라." 나는 대답했다. 샐리는 피식 웃고는 자리에서 일어나 다 먹은 접시를 주방으로 가져갔고, 잠시 분주하게 움직이며 찻주전자에 새로 차를 담아 내왔다. 그리고 VCR 앞에 쪼그리고 앉아 테이프를 넣은 후 양손에 리모컨 하나씩을 들고 소파에 앉았다. 예고편은 빨리 감기로 넘기고 영화가 시작하는 부분에서 멈춘 다음 다시 나를 바라보았다. "토요일." 내가 말했다.

새천년을 맞이하기 직전의 흥분은 지금 생각하면 지나치게 부풀려져 있었고, 어떻게 보면 비이성적이고 어리석기까지 했기에, 내가 아는 모든 사람은 다소간의 부끄러움을 느끼며 그 당시를 기억한다. 세계적으로 유행하는 운동이라도 되는 듯한 집단적 충동이었지만 그 누구도 '시간의 흐름'보다 더 깊은 의미를 부여하지는 못했다. 실제로 마법 같은 숫자긴 했지만 그래봤자 숫자일 뿐이었다. 아마도 세 개나 되는 0 때문에, 그리고 그게 정화의 불길 너머에 있다고 믿고픈 희망 때문에, 혹은 2000처럼 완벽하게 딱 떨어지는 숫자는 그 자체만으로도 승리이며, 인간은 시간의 지배를 받는 것이 아닌 시간을 다스리는 존재임을 입증할 증거라는 믿음 때문이었을 것이다. 지난 세기, 지난 천 년을 기록하는 수많은 목록이 만들어졌다. 추억을 간직할 목적이었을지 몰라도, 실은 자세하고 정확히 정리하면 과거를 없앨 수 있을 거라는 기대감을 품고 그 기억을 지우려는 마음이 무엇보다도 컸다. 내가 유년기와 청소년기를 보낼 당시 새천년은 머나먼 미래에서 반짝이는 불빛이었고, 눈부신 2와 그 뒤를 따르는 세 개의 멋진 0이 있는 곳, 확신에 찬 어른으로 살 수 있는 곳이었다. 나는 1980년대 초부터 세기말에 이르기까지, 2000년이 되는 자정에 맞춰 여러 사람과 만날 계획을 세웠다. 데예가탄 축구장에서 카타리나와 아네테를, 독일 브란덴부르크 문에서 임뮈 필을, 인도 코모린곶에서 로라와 이름이 기억 안 나는 다른 미국인 셋을, 그리고 물론 크바르

넨 술집에서 단네까지, 덧없이 지나가는 순간의 기쁨 혹은 미래에 취한 상태에서 시간의 흐름에 대한 자만심에 맺은 약속이었다. 드디어 그날이 왔을 때 나는 그 어떤 약속 장소에도 나갈 마음이 전혀 없었고, 어쩌면 크바르넨 근처에서 종종 마주치며 안부를 나누는 단네를 제외하고는 그 사람들도 마찬가지일 거라고 생각했다. 단네는 만날 때마다 거의 항상 취해 있거나 숙취에 시달리고 있었고, 경기가 있는 날이면 녹색과 흰색 스카프를 두르고 품질 좋은 아프가니스탄 해시시 가격은 빅맥 가격만큼 인플레이션에 예민하게 반응한다는 얘기를 했다. 우리는 서로 다른 인생의 길을 가고 있었지만 활동 반경은 거의 비슷했고, 나는 단네를 마주칠 때마다 명치 근처에서, 어쩌면 내가 선택하지 않은 인생을 담아둔 어딘가에서 약간의 불편함을 느꼈다. 단네 옆에서 해시시 가격과 홈경기 얘기를 늘어놓는 삶을 살았을 수도 있었다는 걸 알기 때문이었다. 그러다 문득 단네도 똑같은 측은함으로 나를 바라보고 있음을 깨달았다. 여러 직업과 짧은 관계를 전전하며 늘 이사를 다니는데다가 아이도 없는, 현실에 안주한 성인. 단네에게는 세 명의 여자, 하나

같이 '성깔 있는 여자'가 낳은 세 명의 아이가 있었지만 딱히 가정을 꾸리고 사는 것 같지는 않았고, 내가 알기로는 안정적인 직장도 없었다. 가끔 아이들을 만나고, 가끔 일하고, 돈이 생기면 로스킬레나 다른 페스티벌을 보러 다니면서 '화끈하게 즐기는 인생'을 살고 있는 그는 새천년이 다가온다고 조바심 낼 필요가 없었다. "시간은 여기 있을 뿐이야." 손가락으로 머리를 톡톡 치며 단네가 말했다. "전혀 신경쓸 것 없어." 새천년은 멀리 있을 때는 아직 포장을 뜯지 않은 신비로운 선물처럼 기대감을 주었지만, 가까이 다가갈수록 내가 품었던 환상 속 새천년의 '어른'이 된 내 모습은 더욱 바보 같아 보였다. 그 선물은 사실 선물이 아니었고, 우리 인생의 수많은 다른 날처럼 그저 지나가는 하루일 뿐이라는 생각에 다들 공감했을 것이다. 그 기대감의 일부는 전 세계 모든 컴퓨터에 똑같은 오류가 발생해 대재앙과 멸망을 불러오리라는 예언에서 왔고, 새천년에 맞춰 계획된 외계인 침략설도 있었지만 대부분은 그저 있는 힘껏 최선을 다해 열렬히 놀면서 최고의 파티, 최고로 손꼽히는 파티 중에서도 최고의 파티에 가고 싶어했고, Y2K의 파티는 정말 격렬

했다고 후대에 말할 수 있길 바랐으며, 혹여 그날 저녁이 실제로 그렇지 않았더라도 Y2K의 파티는 정말 격렬했다는 이야기를 나누곤 했다. 평소 슬로건이 들어간 핀을 꽂는 적이 없는 샐리도 하트 안에 '1900'이라고 쓰인 핀을 달았고, 핀을 달고서도 열심히 여러 드레스를 번갈아 입어보았다. 나는 영화 도중 잠들었다가 엔딩 크레디트가 올라갈 때 깨어나서 다 식은 차를 마시며 검정 드레스 또는 빨강 드레스, 긴 드레스 또는 짧은 드레스, 얌전한 드레스와 화려한 드레스 중 뭐가 좋을지 의견을 제시해야 했다. 우리는 그해의 마지막날 세 번의 파티를 즐기기로 계획을 세웠다. 저녁식사와 함께하는 파티 전 파티, 자정 파티, 그리고 뒤풀이 파티였다. "파티가 셋이면 옷도 세 벌"이라고 샐리가 말했다. 저녁식사 파티는 우리가 준비하기로 했다. 샐리는 며칠 전부터 시내의 중고품 상점을 이 잡듯 뒤지며 사들인 드레스 더미를 쌓아두고 나를 관객삼아 패션쇼를 시작했다. 샐리는 옷을 매우 좋아해서 갖고 있는 옷만 해도 수백 벌이었다. 어떤 때는 옷만 계속 갈아입다가 결국 밖에 나가지도 못하고 집에서 옷과 함께 제스처 게임, 옷과 함께 서로에게 책 읽어주기(크리스티나 룽의 『개의 시간Hundstunden』, 소냐 오케손의 『가정의 평화Husfrid』) 또는 옷과 함께 와인 마시기로 끝나기도 했다. 샐리는 진지한 연애를 하는 대신 몇 번 만나다 헤어지는, 사실상 만나다 차버린다고 해야 할 애인만 두었고, 대체로 시작도 전에 끝나버리는 식이었다. 샐리에게는 그 모든 게 장난이었고, 그게 아니면 적어도 장난으로 여기는 척했다. 유혹하려는 남자들의 시도를 비웃고 그들의 이름을 잊어버리는 침실에서의 장난. 샐리도 말로는 미래에 좋은 사람이 나타나면 그 사람과 인생을 함께할 생각이 있다고 했다. 그러나 유부남도 아니고 성격도 좋고 샐리가 매력을 느끼기까지 하는 우리 또래의 좋은 사람이 정말로 나타나더라도 여전히 아니라며 끝내버렸다. '까다롭다'고 표현할 수도 있겠지만 알고 보면 샐리는 까다롭지 않았고, 누굴 차별한다거나 유난스럽다거나 계산적인 면도 없었다. 남자들이 자기 삶에 들어와 자리를 잡고 세면대 위에 조심스럽게 칫솔을 꽂아두는 순간 문밖으로 내쫓아버리는 건 샐리의 성격 때문이 아니었다. 오히려 성격이 있어야 할 곳(신뢰를 성격이라고 할 수 있다면)이 텅 비어 있기 때문이었다. 샐리는 누구에게든 정이 들기 시작하면 불안정해지는 사람이었다. 샐리가 "구속된다"고 하는 걸 나는 "정이 든다"고 표현했고, 샐리가 느끼는 '구속의 두려움'과 '정을 들이는' 내 성향, 이 두 개념의 차이는 우리 대화의 주요 주제였다. 지금 만나는 로버트는 의학인지 화학인지(샐리가 제대로 기억을 못했다), 아무튼 학업을 마치기 위해 곧 텔아비브로 돌아갈 예정이어서 어쩌면 갈망이 가득 담긴 이메일만 한두 통쯤 보내고 샐리를 놔줄 만한 안전한 상대였다. 만나러 갈 생각이 있는지 묻는 내 말에 샐리는 그저 인상을 구길 뿐이었다. 몸으로 느껴지지 않는 신뢰는 결국 하나의 단어에 지나지 않는다. 신뢰는 형성되는 순간, 뿌리를 내리는 순간, 주변과 융합되어 다른 이름을 얻는다. 요한나, 헤게르스텐, 아빠, 아틀라스, 파르스타. 내게 정이 든다는 것은 문신과도 같았다. 모든 순간의 세세한 기억이 고스란히 남고, 사랑하고 좋아했던 모든 사람이 여전히 나와 함께한다는 것이었다. 나는 샐리가 입어본 옷들을 옷걸이에 걸어 옷장으로 다시 가져가는 모습을 바라보았다. 샐리는 세 벌을 골랐고 후보까지 세 벌 정해두었다. 구속. 어쩌면 그것은 적절한 옷,

적절한 도취, 경계심이 느슨해진 틈을 타 신뢰가 싹을 틔울 수 있는 순간 좋은 사람을 마주치는 적절한 타이밍과 같을지도 모른다. 절대 부서지지 않는 대리석 달걀이라 할지라도 마법의 순간에 정확히 맞춰 때리면 깨져버리듯.

  그 토요일, 전면이 단열 유리로 되어 부두가 정면으로 보이는 박스홀름의 어느 공연장에서 좀비 우프는 넷 중 두번째 순서로 무대에 섰다가 아홉시가 거의 다 됐을 때쯤 내려왔고, 알레한드로는 좁은 틈을 비집고 창가에 있는 내 자리로 다가왔다. 나는 혼자였고, 취하지도 않았고, 남은 인생 전부가 이 순간에 걸린 듯 집중하고 있었다. 단순히 깨어 있는 것 이상으로 온 감각이 활짝 열린 절대적 각성 상태, 긴장의 최고점에 도달하고 싶은 마음이었다. 나 자신이 어딘가에서 홀연히 나타난 사람처럼 낯설게 느껴졌다. 지난 삼십 년간 살아온 20세기는 없었던 일이 되어버린 듯, 내게 아무런 과거가 없는 느낌이었다. 몇 시간 후 자리에서 일어날 때까지 우리 사이에 있었던 신체적 접촉이라고는 그가 손가락으로 내 손등을 딱 한 번 쓰다듬은 게 전부였다. 눈 깜짝할 시간보다 짧은 순간 고작 몇 밀리미터의 피부에 닿

앉을 뿐이었지만, 이십 년이 넘게 흐른 오늘까지도 그 손길이 남긴 울림을, 피가 핏줄에서 솟구치고 생명이 내 안에서 솟구쳐나와 사방에 흐르고 달라붙던 느낌을 생생히 기억한다. 그날 집으로 가는 택시에서부터 이미 느끼고 있었고, 외른스베리에 위치한 방 하나짜리 그의 집 한구석에 있던 좁은 침대에서도 몇 시간이고 그런 상태였다. 우리의 웃음이 잦아들고 묵직한 진지함이 그 자리를 대체하자 비로소 그 무게가 무서워졌다. 어느 순간부터 알레한드로와의 관계는 단순한 쾌감이 아닌 더욱 심오한 무언가가, 내 내면의 공간에 대한 것이 되어버렸다. 나의 어린 시절, 나의 사람들, 내 삶의 모든 것을 연결하는 관계가 넓고 풍부하게 존재하는 공간이었다. '욕망'은 내가 그 안으로 사라져 틀어박히기 전까지만 '욕망'이었다. 그 공간에 들어가는 순간부터는 그때까지 닿을 수 없었던 내면에 닿게 하는 다른 종류의 욕망이 나타났다. 일시적 마법을 불러일으키고자 하는 욕망. 아무런 상념도, 거짓된 흉내도 없이 행동하며 그 과정에 진심을 다하고, 평화로운 내 삶을 다시 한번 흔들고 싶다는 욕망. 이렇게 한계에 가까워진 상황에서 나는 나 자신에게 한없이 가까워지는데 그곳에 나의 모습을 한 그 사람이 있었다. 마치 지금까지 우리가 서로를 기다리다가 순식간에 땀과 불꽃으로 하나가 되기라도 한 듯, 이토록 내향적인 내 안에 그 사람이 있었다.

다음날 아침, 알레한드로는 시내에서 "할 일"이 있다며 나보다 훨씬 먼저 일어났다. 내가 다시 눈을 떴을 때 그는 내 옆에 돌아와 있었고, 나는 꿈이 끝나고 하루가 시작되는 경계, '나'가 시작되는 경계를 인식하지 못한 채 꿈에서 빠져나왔다. 내 얼굴 바로 옆 베개 위에 미동도 없이 고요히 놓인 얼굴과 문장부호 콜론처럼 내게 시선을 집중해 내 이면으로 파고들 듯한 검은 눈, 나는 지금까지도 알레한드로를 이렇게 기억한다. 나는 살면서 적지 않은 마법을 경험했고, 대부분이 사람들과의 만남을 통해서였다. 거기에만 있는 무언가가 있었다. 이보다 더 구체적으로 설명할 수도 없다. 무언가를 찾으려 한다면 서로의 안에서 찾아야 하고, 우리의 눈은 서로의 안을 꿰뚫어보는, 혹은 안에서 밖으로 이어지는 샛길 같은 콜론이라고밖에는 할 수가 없다.

"엉망이야." 만난 지 일주일이 채 되기도 전 샐리가 "엉망"

이라는 단어 양옆을 두 손가락으로 긁듯 따옴표를 그리며 말했다. 요즘 같으면 평생 지니고 사는 십대 시절의 '엉망'에 의학적인 병명을 붙일 수도 있겠지만, 그때는 세기가 바뀌기 직전의 10월이었다. 샐리는 오르스타의 집에서 내 짐을 옮기는 걸 도와주었다. 크리스티안은 마지막 남은 내 물건을 창밖으로 던지고 있었다. 상자 속 옷들에 이어 옷걸이가 하나씩 떨어졌다. 날 맞히려고 한다는 걸 깨달은 나는 건물 벽에 붙어 창문이 쾅 닫히는 소리가 들릴 때까지 기다렸다. 상자들은 샐리의 다락방에 올려두고 매트리스는 작업실로 끌어다 옮겼다. "엉망"이라는 샐리의 말은 알레한드로가 마약을 한다는 사실 때문이 아니었다. 갑자기 사라졌다가 다른 도시에서 이틀 후에 전화한다거나, 약속 시간보다 훨씬 늦거나 훨씬 일찍 오거나 혹은 아예 나타나지도 않는 습관 때문이었다. 알레한드로는 앞날을 전혀 고려하지 않으면서 삶에 그 어떤 계획이나 약속도 없이 '일상의 테러'를 두려워하는 사람이었던 반면, 나는 그 일상이란 것, 우리 사이를 조심스럽게 지나가는 바로 그 시간, 탄생의 진통을 겪고 있는 기적에 대비한 구체적 계획에 속수무책으로 매달려 있는 사람이었으니, 이런 전제가 주어진 이상 이야기의 결말은 시작부터 분명해 보였다. 마치 계절처럼 때가 되면 당연히 끝날 관계고, 아마 바로 그런 이유로 더 불타오르지 않았나 싶다. "사는 방식이 너무 달랐어. 그뿐이야." 비록 '달랐다'는 건 완곡한 표현이고 '그뿐'이라는 것도 새빨간 거짓말이었지만, 이 말은 우리 사이가 어떻게 됐는지 궁금해하는 이들에게 내가 주는 모범 답안이 되었다. 알레한드로는 정돈된 세상에 사는 엉망인 사람, 가만히 있지 못하는데다 항상 극단을 오가는 사람이어서 나는 "어차피 길게 갈 사이는 아니었어"라는 말을 덧붙이곤 했다. 정당한 추측이었음은 인정하나, 실은 나 자신을 위로하기 위한 말에 지나지 않았다.

샐리가 연말 파티에서 입을 첫번째 옷은 파란색에 금색 테두리 장식, 과감한 옆트임이 있는 긴 드레스였다. 뒤집힌 V 모양의 트임 역시 금색으로 장식되어 눈을 사로잡았고, 샐리의 두드러진 쇄골, 종종 터져나오는 웃음과 함께 그날 밤 모임에 분위기를 더했다. 나는 샐리보다 덩치도 작고 키는 더더욱 작았지만 그래도 샐리의 검은 원피스를 빌렸고,

샐리가 내 몸에 맞춰 완벽하게 줄여주었다. 샐리는 이 세상 모든 물건에 정성을 다하는 사람이었던지라 그 손을 거치면 완벽하지 않은 게 없었다. 어느 파티에 가도 샐리의 신발은 신발장 안이나 다른 사람들의 신발이 뒤엉킨 무더기 옆 구석에 가지런히 정리되어 있어 샐리가 와 있는지를 바로 알 수 있었다. 샐리의 손짓과 움직임에서는 내재된 기쁨이 드러났고, 모든 물건을 애정을 담아 대했기에 물건들이 샐리를 통해 생명을 얻는 듯했다. 어느 고객이 선물한 탄산수 제조기가 정말 안 예쁘다는 말을 할 때도 탄산수 제조기가 듣고 기분이 상하지 않도록 목소리를 낮췄고, 플라스틱 커피머신과 전자레인지 등 예쁘지 않은 다른 주방 기구들이 자리한 벽장 속에 그 선물을 넣을 때도 가구를 수선하거나 아버지 묘지를 정돈할 때와 마찬가지로 물질적 존재의 모든 면을 향한 끝없는 존중을 담아 매 순간 꼼꼼함과 정성을 기울였다. 저녁식사 파티는 샐리의 집에서 열렸다. 약 열 명의 손님이 거실의 긴 식탁과 그 옆의 다른 탁자 주위에 앉아 와인과 샴페인을 마셨고, 환풍기 아래와 건물 계단의 발코니에서 담배를 피웠다. 주요리(연어 구이)가 늦어져 빨리 다음

장소로 가야 하는 우리는 서둘러 후식(셔벗)부터 먹었다. 샐리는 식탁에 한쪽 발을 올린 채 미니 시가를 피웠고, 옷의 트임 때문에 다리 전체가 드러났다. 이제 옷을 갈아입을 시간이었다. 열린 창문 쪽으로 연기를 내뿜으며 샐리가 말했다. "다가올 십 년에 내가 바라는 건 딱 세 가지야. 나만을 위한 세 가지 소원." 샐리보다 덜 취한 나는 나가기 전에 다 먹은 그릇과 남은 음식을 치우려고 싱크대 안에 식기를 넣어두고 와인잔은 조리대 위에, 빈병은 봉지에 담았다. 20세기 마지막 저녁식사라는 이유만으로도 누가 오고 어떤 얘기를 했는지 기억에 남을 거라는 발상에서 계획한 일이었지만, 당시를 떠올리면 그 자리에 있던 손님 중 일부밖에 기억나지 않는다. 뉴욕에 살던 샐리의 오빠 잭, 식사하는 내내 나를 지그시 바라보다가 그날 밤 쇠드라 테아테른 공연장의 댄스플로어에서 내게 키스하려 했던 당시 잭의 여자친구 베스, 샐리의 어릴 적 친구이자 그때도 이미 유명한 감독이었던 마르쿠스, 그리고 그 맞은편에 앉아 마르쿠스가 누구인지 모르는 척 철저하게 연기하던 파울. 지난 20세기 전부를 뒤로하고 미지의 새천년을, 위대한 전환을 눈앞에 두고 있으면서도 우리는 사소한 것들과 솔직하지 않은 감정에만 몰두하고 있었다. 파울이 "이름이 뭐라고 했죠? 라스무스?"라고 하면 불쾌해진 마르쿠스가 이를 정정해주었고, 기자인 안나가 "누군지 알아요. 그쪽 작품 많이 봤어요"라면서 마르쿠스 작품이 아닌 다른 명작 이야기를 하자 마르쿠스는 이 역시 정정하면서 곧바로 전화기를 꺼내더니 갈 만한 다른 파티를 물색했다. "소원이 셋뿐이면 소박하지." 샐리가 긴 손가락 사이에 끼운 미니 시가를 보란듯이 한껏 빨아들이며 말했다. 일 년에 고작 한두 번 정도 담배를 피우는 사람들이 꼭 이렇게 흡연자라는 티를 내며 자유를 과시하듯 '흡연'하곤 했다. 샐리가 미니 시가를 싱크대에 던져버리고 자리에서 일어서자 벌어진 트임이 허벅지를 감싸듯 다물어지며 다시금 몸에 착 달라붙어 완벽함을 뽐냈다. "평화, 키스, 아기. 많은 걸 바라는 게 아니잖아?"

알레한드로는 "도중에 미국에서 몇 군데 들렀다가" 남미에 간다며 그 전날 밤에 떠났다. 가기 전에 만나자는 말에 나는 끝을 짐작했다. 처음으로 울음을 터뜨렸고, 그를 잡기 위해서가 아니라 그저 보고 싶은 마음에 택시를 타고 외른스베리로 향했다. 복도에서 그는 한 손은 내 가슴에, 다른 쪽 손은 자기 가슴에 올린 채 서 있었다. 이제 끝이란 걸 말할 필요도, '함께하다'와 '헤어지다'에 의미를 부여할 필요도 없었다. 그에게 언제 돌아오는지 물을 필요도, 나의 이런 집착에 스스로 불쾌해질 필요도 없었으며, 그는 내 물음에 대답하지 않으려 진땀 뺄 필요도, 약속을 어길 필요도 없었다. 시작처럼 당연한 끝이었다. 그런데 알레한드로가 시계를 보며 말했다. "이륙까지 네 시간 남았어. 네 여권 가져올 시간 있겠다." 나는 빤히 바라보기만 했다. "무슨 말이야?" 알레한드로는 내 어깨에 두 손을 올리고 더는 아무 말도 하지 않았다. 그날 저녁 우리는 중앙역의 거대한 광장에서 각자의 길로 향했고, 내가 주머니에 손을 넣은 채 천천히 바사가탄가 쪽 출구로 걸어가며 뒤를 돌아볼 때마다 알레한드로는 같은 자리에 서서 나를 보고 있었다. 어차피 내 거절을 확신했기에 그런 질문을 했을 것이다. 두 사람 모두 견디기 쉽도록 명확한 합의로 관계를 끝낼 수 있을 테니. 우리가 함께한 시간은 숨 한 번 쉬는 만큼 짧았지만 마치 내 안의 무언가가 그를 감싸며 휘어버린 듯, 알레한드로는 여전히 내게 남아서 그 이후를 모조리 바꿔버린 새로운 기준이 되었다. 그때부터 지금까지 내가 사랑해온, 혹은 잠시 '사랑했던' 모든 사람은 관계 초기에 알레한드로와 비교당하는 몇몇 순간을 어쩔 수 없이 겪었고, 나는 그 누구에게도 도움이 되지 않을 이 비합리적이고 부당한 생각을 떨치려고 큰 소리로 목을 가다듬어야 했다. 낮에 명료한 정신으로 지인들과 있을 때는 알레한드로를 두고 "굉장했던 그 자식 따위"라고 했지만, 밤이면 그가 내 문을 두드리며 같이 갈 건지 묻는 꿈이 반복되었다. 그럼 꿈속의 나는 망설임 없이 코트만 챙겨 따라나선다. 뒤도 돌아보지 않고.

샐리가 두번째로 입은 드레스는 얇은 어깨끈에 겨드랑이부터 무릎까지 딱 달라붙는 검은색 반짝이 드레스였다. 샐리가 옷을 갈아입는 동안 밑에서 기다리던 택시는 기다리다 지쳐서 그냥 가버렸다. 종일 틀어둔 라디오에서는 매시간 지구 어딘가에서 자정을 맞이할 때마다 소식을 전했다. 정말 굉장한 일이었다. 우리가 사는 둥근 행성이 지평선 너머로 나타났다 사라지는 태양빛을 따라 회전하는 덕에 이렇게 순서대로 새천년을 맞는 기쁨을 누릴 수 있었고, 이제 곧 우리 차례였다. 요리를 하다가 옷에 올리브유가 튀는 바람에 나는 샐리의 정장 바지와 검은 셔츠 한 벌을 빌렸다. 그후 샐리를 자전거에 태우고 카타리나반가타가와 외스티에타가탄가가 만나는 모퉁이까지 눈 쌓인 길을 달렸고, 거기서부터 모세바케광장까지 걸어서 언덕길을 올라 쇠드라테아테른 앞의 짧은 대기 줄에 섰다. 우린 8월에 이미 표를 사두었다. 잭과 베스는 옷 보관소 옆에서 말다툼중이었고, 안나는 바 테이블에 앉은 사람들 틈에 섞여 있었다. 줄 조명으로 장식된 테이블이 반짝였다. 입장료에는 스파클링와인 한 병이 포함되어 있었다. "토할 것 같은 맛이야." 샐리가 병을 입으로 가져가며 말했다. 나는 와인을 준 바텐더가 잔도 가져다주기를 기다렸지만 아무 일도 일어나지 않았다. 주위를 둘러보니 모두 각자 자기 병을 들고 마시면서 어울리고 있었다. 밤 열한시가 가까워지고 있었다. 잭은 밖에 나갔다가 이십 분 후에 돌아왔다. 그동안 베스는 내게 "그 섹시한 TV 진행자"와 사귀었다고 들었는데 그게 사실인지 물었고, 나는 고개를 저었다. 그리고 잠시 후 이렇게 덧붙였다. "TV가 아니고 라디오 진행자예요." 이 말에 베스는 웃음을 터뜨리며 "역시, 아는 사이 맞네요!"라고 했다. DJ는 웃통을 벗더니 볼륨을 한껏 높이며 마이크에 대고 소리를 질렀다. 사람들은 좋은 자리를 찾으려고 바깥 테라스에 모여들기 시작했다. 미리 카메라를 준비한 이들은 슬루센 구시가지와 셉스브론 항구에 마련된 화려한 무대를 배경으로 사진을 찍기도 했다. 벌써 폭죽 터지는 소리가 들렸고 사람들이 여기저기 분주히 오가는 한편, 낮 동안 내린 눈이 영하의 날씨에 녹지 않고 남아 주변을 온통 하얗게 장식했다. 잭은 안나, 베스와 함께 춤을 췄고 샐리는 내가 있던 테라스로 나왔다. "앞으로 몇 시간은 참 신기할 거야." 난간 밖을 응시하며 샐리가 말했다. "그 사람과 같은 지구에 있으면서도 너만 새천년에 있을 테니까." 그러고는 술병에 입을 대고 한 모금 마셨다. "나도 그 생각 했어." 내가 말했다. 샐리는 천천히 고개를 끄덕였다. "결국 시간의 흐름과 시간 그 자체는 만들어진 개념일 뿐이야. 이런 짓도 다 쓸데없지." 그러더니 술병을 든 손으로 하늘을 가리키며 목소리를 높였다. "다들 집에 가요! 이딴 건 어차피 다 가짜에 허례허식일 뿐이야!" 몇몇은 고개를 돌려 샐리를 쳐다보았지만 소음과 음악에 묻혀 아무도 신경쓰지 않았다. "좀 천천히 마셔." 샐리가 다시 술병을 입으로 가져가자 내가 말했다. 내 병은 어딘가에 내려놓고 잊어버렸지만 다시 찾으러 갈 마음은 없었다. 바깥에서 자정을 맞이하려는 사람들이 테라스로 밀려나오고 있었다. 멋진 무늬의 원목 마루 위에서 감상하는 밤하늘과 전문가들이 준비한 불꽃놀이까지, 이 근사한 광경을 보려고 돈을 낸 사람들이었다. 쇠데르말름 북쪽 가장자리 높이 위치한 이곳은 Y2K 버그가 정말 세상을 장악하거나, 갑자기 우주가 포효하며 우리를 삼켜버린다거나, 숫자 2000 속 세 개의 0이 어떤 징조가 되어 나타난다거나 하는 더욱 예상치 못한 일로 닥쳐올 어둠을 감상하기에도 좋은 장소였다. 베스와 몇몇 일행이 인파를 뚫고 우리 쪽으로 오는 모습이 보였다. 테라스 반대쪽에는 마르쿠스가 다른 무리와 함께 있었다. 자정 십오 분 전, 폭죽이 터지는 간격은 점점 더 짧아졌고, 근처 주택가에서 쏘아올린 불꽃 몇 개도 반짝였다. 추운 날씨에 얼어죽을 것만 같았다. 베스와 잭이 마침내 우리가 있는 곳에 다다랐고, 베스가 병을 들어올리며 건배를 제의하자 샐리도 똑같이 병을 들어 한 모금 마셨다. "이제 마침내 이곳도 망할 새천년이 시작하는군." 샐리가 말했다. 우리는 사람들 틈에 끼인 채 가까이 붙어서 있었다. "맞아, 드디어 다 잊고 새출발할 수 있다니." 내가 말했다. 샐리는 내가 농담이라도 한 듯 웃더니 말했다. "새출발, 좋지. 근데 잊는 건 네 스타일 아니잖아."

샐리의 세번째 의상은 결국 보지 못했다. 자정이 지난 후 샐리네 집으로 돌아가 귀마개를 끼고 매트리스 위에 쓰러져 잠들어버린 것이다. 하지만 샐리가 신축성 있는 비스코스 소재의 빨간 드레스를 입었다는 건 안다. 그 옷은 새로운 세기가 시작된 지 불과 몇 시간 후 샐리가 화장실에서 어느 해양생물학자 위에 올라탈 때 찢어져버렸다. 샐리는 북쪽의 빨간색 지하철 노선 근처 어딘가에서 있었던 뒤풀이였다고만 기억할 뿐이었지만 손목에는 자기 립스틱으로 휘갈긴 전화번호가 남아 있었다. 마침내 온 지구에서 자정이 지나 아침을 맞이했고, 모두가 숙취 속에서도 뿌듯함을 느끼며 준비된 마음으로 새로운 세기를 시작했다. 샐리와 나는 식탁에 앉아 커피를 마시고 요거트를 먹었다. "내가 짐작하기론 말이지." 내가 샐리의 팔을 가리키며 말을 꺼냈지만, 샐리가 손바닥을 들어 보이며 막는 통에 말을 멈췄다. "나도 알아. 짐작할 만한 게 더럽게 많아서 탈이야." 샐리가 말했다. "그래도 일단 오늘 하루부터 시작하자. 오늘, 지금 이 아침식사. 나머지는 천천히 생각하자고."

새천년이 시작되고 오 개월이 지났을 즈음, 알레한드로를 찾아야 할 이유가 생겼다. 그해 봄은 몇십 년 만에 가장 더운 날씨를 기록했다. 나는 스톡홀름 외곽 구뻥엔에 방 하나짜리 집을 구해 처음으로 나만의 보금자리에 살게 되었고, 아침이면 동쪽을 바라보는 발코니에서 햇살을 즐기며 아침 신문을 읽었다. 아직 4월이었는데도 귀룽나무에 꽃이 피어 새봄의 시작을 알렸다. 강렬한 향기가 마치 가시지 않는 통증처럼 도시의 녹지 곳곳에 퍼져 조용하고 유기적인 포화 상태를 이루었다. 새로우면서도 익숙한, 다른 곳에 중심을 두고 천천히 움직이는 공간에 와 있는 느낌이었다. 샐리는 2월에 새 애인과 인도로 떠났고, 인터넷 카페가 있는 곳에 도착할 때마다 내게 길고 정신없는 이메일을 보냈다. 나는 일주일에 사나흘만 일하며 남는 시간에는 도시 주변을 산책했다. 공원 벤치에 앉아 있다가 그곳이 어느 여름날 아침 니키와 함께 쥐의 사체를 발견했던 곳이라는 사실이 문득 생각난 적도 있었다. 따가운 햇살 아래 훤히 드러나 있던, 구더기와 죽음이 들끓던 쥐의 모습이 떠올랐다. 5월 초 어느 토요일에 외른스베리의 알레한드로 집에 찾아가 문을 두드렸지만, 문을 열어준 여자는 알레한드로라는 사람을 몰랐다. 외국에 사는 일 년 동안 다른 사람에게 집을 세놓았는데 그 사람이 또다른 사람에게 세를 준 것 같다며, 돌아왔을 때는 화장실에 있던 셔츠 한 벌과 머리끈 두어 개를 빼고는 말끔히 정리돼 있었다고 했다. "그럼 여기서 그 알레한드로라는 사람이랑 같이 사셨어요?" 이렇게 말하는 여자 뒤로 익숙한 복도가 보였다. 연한 파란 바탕에 더 진한 파란색의 프랑스식 백합 문양이 그려진 벽지와 마룻바닥, 천조각을 이어붙인 깔개, 거실로 향하는 통로의 흰색 문틀. "아뇨, 같이 산 건 아니지만 여기에 자주 와서 지냈어요. 그 사람과 함께요. 주소를 남겼을까 해서 와봤어요. 전화번호라도요." 여자는 고개를 흔들었다. 안에서 아이가 엄마를 찾는 소리가 들렸고, 나는 여자에게 인사한 후 돌아섰다. "잠깐만요." 여자가 안으로 들어갔다가 지저분한 흰색 셔츠와 머리카락이 몇 올씩 붙어 있는 빨간 머리끈 세 개가 담긴 봉지를 들고 다시 나타났다. "어차피 버리려던 거라서요"라는 말과 함께. 나는 예블레가탄가에 있는 좀비 우프의 연습실로 향했고, 거기서 콘트라베이스를 연습하던 옌스를 마주쳤다. 손가락으로 악기의 목을 오가며 단조로운 선율을 연주하는 중이었다. 한쪽 구석에 놓인 매트리스 위에는 침낭이 있었고, 싱크대에는 면이 말라붙은 냄비가 있었다. 옌스는 내 눈길을 좇았다. "난 이렇게 살아. 커피 줄까?" 나는 고개를 끄덕였다. 옌스는 악기를 내려놓고 주전자를 불에 올린 후 인스턴트커피 통을 꺼냈다. 봄에 예정된 공연이 여러 개 있었는데도 알레한드로는 외국으로 떠났고 몇 달째 아무도 소식을 모른다고 했다. "물론 우리끼리 공연했지만 아무래도 다르더라." 옌스는 식탁에 컵 두 개를 내려놓고 허공에 손사래를 치며 나를 보았다. "솔직히 말하면 끔찍할 정도였어. 쉬는 시간에 관객들이 나가기도 했지. 공연 기획자가 나머지 공연도 다 취소했어." 옌스 역시 알레한드로가 어디 있는지도, 주소나 전화번호도 몰랐다. "심지어 본명도 몰라." 다시 나타나리라는 기대도 하지 않는다고 옌스는 말했다. "그냥 그런 사람들 있잖아, 안 그래? 바람처럼 내 인생을 스치고 지나가는 사람." "본명? 본명도 모른다는 게 무슨 뜻이야?" 내가 말했다. 내게 등을 돌리고 싱크대 쪽을 보며 서 있던 옌스가 나를 향해 몸을 돌렸다. "알레한드로는 무대에서 쓰는 예명이고 진짜 이름은 따로 있는 것 같았거든." 옌스가 준비된 커피를 식탁에 내려놓는 동안 나는 코트 단추를 풀고 자리에 앉았다. "그래서구나." 내 배를 본 옌스가 말했다. "왜 알레한드로를 찾는지 알겠다." 구역질나는 커피였지만 그래도 조금씩 마시면서 대화를 나눴다. 옌스는 그다음 주에 다른 밴드와 투어를 떠날 예정이었고 그럴 리는 없겠지만 만에 하나 알레한드로의 연락이 올 때를 대비해 내 번호를 자신의 휴대전화에 저장했다. "잘되길 바랄게." 자리를 뜨는 나를 향해 그가 애매한 손짓을 하며 말했다. "모든 일이 말이야."

한두 해 전 옌스의 전화를 받고 좀비 우프의 CD를 꺼내봐야겠다는 생각이 불현듯 치밀었지만 재생할 기계가 없어 반짝이는 CD를 손에 든 채 몇 초 동안 당황하며 거실에 서 있었다. 커버에 실린 알레한드로의 흑백사진은 선명하지 않았고, 글씨 일부는 그의 검은 머리에 가려져 있었다. 내 기억으로는 디자인도 그렇지만 제작에도 아무런 노력을 기울이지 않았던, 아마추어 수준의 앨범이었다. 들어주기 힘든 긴 솔로 부분이 많았고, '히트곡'의 느낌은 아무리 찾아봐도 없었다. 라디오 방송국에 보내 소개할 생각 따위는 아무도 하지 않았다. 좀비 우프는 라이브 공연 밴드였고, 라디오로 들으며 흥얼거리면서 따라 부를 만한 노래도 아니었거니와, CD는 밴드가 공연하는 술집이나 공연장 매표소에서 한시적으로 저렴한 가격에 구입할 수 있는 깜짝 보너스 같은 부수적 상품이었다. 그러나 옌스는 이제 시대가 달라졌다고, 급한 일 때문에, "진짜 미친듯이 중요한 문제" 때문에 전화했다고 했다. 전화로 얘기해도 될 것 같았지만 옌스는 "마침내 세상이 좀비 우프의 진가를 알았다"면서 급하니까 집으로 오겠다고 했다. 나는 자기 키보다 머리 하나는 더 큰, 드럼 옆의 콘트라베이스 뒤에서 동그란 안경을 쓰고 오케스트라 지휘자 같은 열정을 뿜어내던 옌스의 모습을 떠올렸다. 그날 오후 집으로 찾아온 옌스는 베를린의 한 라디오 방송국이 그들의 음악을 "종일 쉬지 않고" 틀기 시작해서 이제 독일의 여러 라디오 방송국으로 퍼져나갔다는 말을 전했다. 오랫동안 기억에서 잊혔던 그 음반이 어쩌다가 베를린까지 가게 됐는지는 추측만 할 뿐이었지만, 이제 "어마어마한" 수요가 생겨 투어까지 염두에 두고 있다고 했다. 옌스가 우리집 식탁에 앉아 내가 준 찻잔을 만지작거리고 있다니. 이제 옌스는 네모난 안경을 썼고 군데군데 하얗게 센 머리는 최신식으로 짧게 다듬었다. 열정적으로 긴 손가락을 놀리던 콘트라베이스 연주자의 모습은 희미하게만 남아 있었다. 십대에 접어든 내 두 아이들이 주방에 들어왔다가 나가도 옌스는 눈치채지 못했다. 식탁 위에는 이 소동의 주인공, 이제 내게는 틀어볼 장비가 없는 그 CD가 우리 둘 사이에 놓여 있었다. 추가 제작은 고려하지도 않았다. "스포티파이에 올려야지." 옌스가 말했다. 그의 얼굴을 찬찬히 살폈지만 농담이 아니었다. "그다음에는 베를린과 그 근처 클럽들을 순회하면서 공연을 하고 나중에 규모를 더 키울까 싶어." 네덜란드와 벨기에에도 팬들이 생겼고 "어쩌면 일본에도" 조금 있을지 모른다고 했다. 옌스는 임시교사로 일하며 음악을 가르치고 있었고, 옌스나 다른 멤버 그 누구도 이 기회를 마다할 생각은 전혀 없었다. "알다시피 요즘 젊은 친구들은 특이한 걸 좋아하잖아. 우리 음악을 진심으로 이해해." 인터넷에 떠도는 동영상을 본 적 있는지도 내게 물었다. "우리 공연 영상이야. 우리가 다시 유명해지면서 예전 공연 모습을 올리는 사람들이 많아졌거든." "다시"와 "유명" 같은 몇몇 단어에 의문을 제기하고 싶었지만, 그냥 기회가 되는 대로 꼭 찾아보겠다고만 말했다. "그 친구 어디 있는지 몰라?" 옌스의 질문이 명치 근처를 찔렀다. 나는 고개를 저었다. "전혀." 옌스는 마치 단서를 찾기라도 하는 듯 벽과 선반을 둘러보았다. "살아 있는지는 알아?" 나는 어깨를 으쓱했다. "아니, 근데 내 몸 어딘가에서 느껴질 것 같아. 그 사람이 죽었다면." 가슴 한가운데 손을 올리며 내 말이 무슨 뜻인지 보여주었다. 그런데 옌스의 표정을 보니 알레한드로의 안부를 묻는 게 전혀 아니었다. 내가 기억하는 나의 알레한드로를 찾는 게 아닌, 마침내 돈을 벌어들일지도 모르는 음악의 저작권자를 찾는 것에 가까웠다. 좀비 우프는 모든 멤버가 공동 저작권자였다. "죽었으면 일이 복잡해질 것 같은데." 옌스가 말했다. "법적으로도 그렇고, 돈 문제도 그렇고." 그는 겉옷에 다시 팔을 집어넣었고, 우리는 유튜브에 올라온 공연 영상을 보려고 옌스의 휴대전화 위로 몸을 숙였지만 재생이 잘 되지 않았다. 나는 혹시라도 알레한드로의 소식을 들으면 연락하겠다고 약속했다. "내 인스타 팔로우해." 떠나기 전 옌스가 말했다. "다 거기 올리거든." 바로 그때 열쇠로 문을 여는 소리가 들리더니 큰딸이 현관에 들어섰다. 딸과 옌스는 말없이 서로를 바라보았고, 옌스는 나를 돌아보더니 눈썹을 치켜올렸다. 나는 고개를 끄덕였다. 검은 곱슬머리, 그 눈과 입, 부드러운 생김새. 못 알아볼 수가 없었다. 그날 저녁 옌스의 인스타그램을 검색하니 좀비 우프의 컴백, 또는 옌스의 표현대로 "슈퍼 컴백" 이야기로 온통 도배가 되어 있었다. 링크 하나를 클릭해보았지만 내 오래된 휴대전화가 읽을 수 없는 형식이었다. "어쩌면 일본에도"라니. 알레한드로가 들으면 코웃음칠 말이었다.

비르기테

우리 삶 속에는 수많은 다른 삶이 있다. 스쳐지나가는 사람들, 사라지는 친구들, 다 자라서 떠나는 아이들과 함께하는 작은 삶들. 그중 어떤 게 원래의 삶인지는 도무지 알 수가 없다. 그러나 고열이나 사랑의 열병에 사로잡힐 때면 모든 게 분명해진다. 나의 '자아'는 물러나고 대신 이름 없는 기쁨, 따로 떼어낼 수도 없지만 각자 분명한 존재감을 뽐내는 자잘한 순간들의 덩어리가 그 자리를 차지한다. 나중에는 이런 상태를 용서의 시간으로 기억한다. 이 역시 사람들이 마구잡이로 내 얼굴 앞을 오가는, 덩어리진 순간들을 설명하는 하나의 방법일 것이다. '시작'도, '끝'도, 순서도 없이 오직 순간과 그 순간에 일어난 일만 있을 뿐이다. 지금 이 글을 쓰는 이 순간, 피할 수 없는 한 사람이 있다. 비르기테. 예전에는 살아 있다는 감각을 더 강하게 느끼려면 깊은 숲 속의 높은 소나무 사이를 헤매다 나무둥치에 앉아 태양을 정면으로 마주하거나 어느 해변의 바위에서 바다를 바라본다거나 해야 할 것 같았고, 고요한 원소들 가운데 있어야 비로소 정신이 온전히 깨어날 수 있다고 생각했다. 그러나 알고 보니 내 주변의 자잘한 순간들 속에 이미 모든 것이 있었다. 나 자신을 내려놓고 밖으로, 진정 외부로 눈길을 돌려 그 순간들을 자세히 들여다보기만 하면 되는 일이었다. 깨어 있는 시선으로 서로를 바라볼 때, 비로소 살아 있다는 강한 감각을 느낄 수 있다. 나는 그렇게 주의깊은 관찰을 통해 비르기테를 이해하게 되었다.

  비르기테는 십대로 접어들 무렵 그 사고를 겪었고, 그때 남은 정신적 상처로 은둔적 성향에 종잡을 수 없는 불안장애까지 갖게 되었다. 한 시간이라는 짧은 시간 동안 죽음을 거쳐 새로운 사람으로 다시 태어나는, 상상조차 할 수 없는 그 일을 꽁꽁 싸매어 내면 깊숙이 보관하기 위해 비르기테의 정신 구조는 완전히 바뀌었다. 그 일을 세상으로부터 격리시키고 일상과 닿지 않도록 해야 했다. 깨어 있는 동안 비르기테가 그 사고를 생각하게 되는 일은 없었던 것 같다. 딱 한 번, 사고 이후 삼십 년이 지나서야 비르기테는 딱 한 사람에게 그때의 일을 얘기했다. 그 사고가 더는 기억 속의 '사고'가 아니라 하나의 색깔이나 분열된 차원에 가깝고, 기억 자체라기보다는 모든 기억의 기원임을, 일상의 배경에서 항상 숨쉬고 있는 그림자임을 그제서야 깨달은 듯하다. 평범하지 않은 경험은 그 독성을 그대로 품은 채 압축되어 천천히 인생에 스며들고, 그렇게 한 사람을 완전히 바꾸어놓는다. '아픈 만큼 성숙해진다'는 표현을 만든 사람이 누군지는 몰라도 강간 피해자를 만나본 적은 없음이 분명하다.

  물론 비르기테는 그 일이 있기 전부터 약한 아이였다. 오늘날 정신 의학에서 트라우마 경험이 각 당사자에게 다르게 작용하는 이유를 설명하고자 사용하는 '취약성 스트레스 모델'을 그때 알았더라면 내가 비르기테를 이해하기가 훨씬 더 쉬웠을 것이다. 비르기테 본인도 자신을 더 잘 이해할 수 있었을 것이다. 비르기테는 소심한 아이였다. 고작 일곱 살 무렵, 맹장염 수술을 받은 아버지가 그다음날 세상을 떠났고, 구급차가 떠난 뒤 거실 바닥은 위장의 내용물과 피로 더러워져 있었다. 장례식이 끝난 다음에는 아버지를 언급하는 것조차 허락되지 않았으며, 비르기테의 가족(두 형제가 있었다)은 새로운 삶을 살게 되었다. 회색빛의 단조롭고 치열한 최면 상태 같았을 거라 상상한다. 가정주부였던 어머니는 두 개의 일(시내 호텔 청소와 요양원 간병)을 병행하며 가족을 부양했다. 아이들은 어려서부터 가사 분담에 익숙해졌고, 청소년기에 들어선 후에는 주말과 휴일에 아르바이트를 하며 생계에 보탬이 되려 했다. 일하고 자는 것 외에 다른 일을 할 시간은 거의 없었다. 당시 대부분의 사람에게 심리학, 트라우마, 감정 처리와 같은 단어는 다른 세상의 일이었고, 비르기테가 이른 새벽 언니의 침대에 파고들어 "아빠, 아빠" 하고 잠꼬대하는 척을 하면, 언니는 비르기테가 잠잠해지고 눈을 뜰 때까지 손으로 입을 막았다. 달력에 표시된 날 아버지의 무덤에 갈 때면, 어머니는 자수가 놓인 얇은 손수건을 손가락에 감아 눈가에 고인 눈물이 흐르기 전에 닦아냈다. 그런 날에는 별다른 대화가 오가지 않았다. 그로부터 한참의 세월이 흐른 후, 노르웨이 스타방에르에서 남쪽으로 몇 킬로미터 떨어진 곳에 있는 묘지에서 외조부모님의 무덤을 찾던 중(어디인지 꼭 알아야겠다면서 내가 억지로 끌고 갔다), 비르기테는 아버지의 큰 손과 선량한 성격, 세밀하게 정리되어 있던 아버지의 공구점 이야기를 마지못해 조금 들려주었다. 우리는 외조부모님의 이름과 생일, 기일이 새겨진 비석 위의 눈을 떨어내고 가져간 꽃을 올려두었다. 비르기테는 나를 보며 고개를 흔들었다. 시간이 그렇게 흘렀건만 여전히 아무 말도 나오지 않았다. 십대가 되어 어머니 지인의 아기를 봐주는 일을 시작할 당시에도 비르기테는 이미 말없는 아이였다. 어느 날 아기가 막 잠들었을 때 아기 아버지가 약속한 시각보다 일찍 집에 들어왔다. 네 시간 일당으로 미리 받은 20크로네는 치마 주머니에 들어 있었다. 숨을 곳도, 스스로를 지킬 힘도 없던 비르기테는 다가올 일을 예감했고, 그 새로운 재앙이 어떤 것일지 알기에 걱정하고 있었다. 문을 등지고 선 그 남자의 눈빛을 마주하기도 전에 사건의 발생을 예상한 것이 틀림없다. 그날로부터 오랜 시간이 지난 뒤 나는 스톡홀름의 한 정신과 병원에서 입원 환자들을 상담하면서 비르기테와 닮은 사람들을 만났다. 퇴근한 후에도 그들이 당한 일이 한참 동안 내 안에 머물렀다. 그들이 느끼는 불안도 비르기테의 불안과 같아서 왔다가 사라지는 게 아니라 모든 일에 긴장감을 더하는 존재로 남았다. 웃을 때도 그냥 웃지 못해 불안하게 웃었고, 기쁨도 걸음도 화법도 마찬가지였다. 비르기테의 불안은 가는 곳마다 따라왔고 떠난 자리마다 남아 맴돌았던 터라 나도 지극히 잘 알고 있었다. 매사가 그렇듯 이것도 시간이 흐르며 달라졌지만 한편으로는 그렇지 않기도 했다. 비르기테는 형제 중 막내이면서도 가장 먼저 집을 떠나 독립했다. 그러나 오래지 않아 완전한 '독립'이란 것은 더 좋은 운을 타고난 사람들에게나 가능한 일이고, 본인은 기댈 만한 사람이나 물건이 있어야 비로소 '독립'할 수 있음을 깨달았다. 남자. 공동체. 명확한 체계. 60년대와 70년대에는 정치에도 왕성한 관심을 보이며 시위에 가담하고, 학교에 다니고, 마약도 해보고, 히치하이킹으로 유럽을 여행하고,

포크록 밴드에서 기타를 치며 노래 부르고, 검은 머리를 허리까지 기르고 연보라색 옷을 입기도 했지만, 비르기테가 정치 활동에 진심이었다고 보기에는 어려움이 있다. 정치적 의견을 내놓는다 해도 "바보 같은 전쟁이었어"(베트남전쟁), "왜 전부 그 사람들 맘대로 정해?"(미국 제국주의), "배기가스 냄새 안 좋잖아"(환경 문제) 정도로 언제나 깊이가 부족했다. 비르기테는 대세에 맞춰 움직였다. 현실에 안주하거나 비굴한 성격이어서가 아니라, 할 줄 아는 게 그뿐이기 때문이었다. 섞여 들어 살아야 한다는 강렬한 투지. 그게 비르기테가 봐주던 아기의 아버지, 용무를 끝내고 나서 허리띠를 추스르며 비르기테를 밖으로 내쫓고는 잠시 후 문을 다시 열고 코트를 밖으로 던져주던 그 사람이 남긴 흔적이었다. 대세에 맞추고, 섞여 들고, 그러다 결국 자신을 잃었다. 그러지 않으면 제정신으로 살아갈 수 없었다. 수십 년 후 내가 스톡홀름의 그 병원에서 일하며 만난 환자 중에는 미치거나 부서지는 것 말고는 달리 선택지가 없었던 사람이 많았다. 비르기테는 현실에 적응하는 데 성공했지만, 너무나도 현실에 맞춘 나머지 특징 없는 성격이 특징인 사람이 되고 말았다. 그런 이유로 집단성과 잘 맞았고, 70년대 초반은 비르기테에게 있어 그야말로 최고의 시간이었다. "물 만난 고기였지." 비르기테는 이렇게 말했다. '무리 속의 고기'였겠지, 나는 생각했다. 성공과 경쟁이 신조였던 80년대와는 맞지 않았다. 비르기테는 80년대와 그 이후의 서구사회가 요구하는 '개인'과는 거리가 멀었다. 특징 없는 성격이 드러나면서 아마 재미없고 밋밋한 사람으로 여겨졌을 것이다. 어쩌면 정말 재미없는 사람이었는지도 모른다. 모임이나 회의에 참석했는지 기억하기 어려운 사람. "비르기테가 지난 금요일 파티에 왔던가?" 누가 물어보기라도 한다면 아무도 대답할 수 없고, "어제 회의에서 비르기테가 의견을 냈어?" 여기에도 아무도 답할 수 없고 기억하지도 못하고, "회의에 참석하긴 했었고?" 이 질문에도 뭐라 답할 수 없다. 집단이 자취를 감추고 사람들이 각자의 삶을 살기 시작할 때도 비르기테는 그 자리에 남았고, 삶을 주도하지도, 독립적으로 꾸려나가지도 못했다. 무리에 섞이고 마찰을 피하려던 비르기테의 노력은 개성이 있을 자리를 지워버리고 말았다. 자신의 욕구와 투지에 따라 가시를 세우는 중추나 다름없는 개성이 비르기테에게는 없었다. 그 자리에 남들이 알아보는 비르기테의 유일한 특징, 피상적으로 진동하며 끊임없이 힘들게 하는 불안만 있을 뿐이었다.

  미칠까봐 걱정하는 사람들이 실제로 미치는 경우는 없지만, 비르기테는 스물세 살 때 정신병적 발작을 겪었다. 60년대 후반 11월 초 어느 일요일, 나를 낳을 때였다. 말뫼 종합병원에서 진통을 시작한 지 두어 시간이 지난 무렵 내 심장소리가 멈췄고, 간호사의 눈빛에서 진심어린 우려, 진짜 걱정을 엿본 비르기테는 이를 앞으로 다가올 또하나의 재앙으로 해석할 수밖에 없었다. 내가 그곳에 갇힌 채 너무 오랜 시간이 흘렀다. 아버지는 복도 의자에 앉아 십자말풀이를 하고 있었다. 나막신, 청바지 차림에 국민해방전선* 배지를 단 코듀로이 재킷, 목까지 내려오는 긴 머리와 구레나룻의 아버지가 분주히 움직이는 직원들을 보고 무슨 일인지 어리둥절해하는 모습이 눈에 선하다. 그로부터 겨우 삼 년 후, 스톡홀름의 쇠데르 병원에서 여동생이 태어날 때 아버지는

---

*1960년대 스웨덴에서 결성된 베트남전 반대와 평화운동 조직.

분만실이 아닌 곳에 있을 생각조차 하지 않았다. 진공 흡입기를 쓰긴 했지만 어쨌든 벌써 엄마에 대한 호기심과 짜증으로 울부짖는 새빨간 아기인 내가 드디어 배 위에 올려졌을 때, 비르기테는 내면에서 길을 잃은 듯 아득히 먼 곳에 있었다. 병원에서는 잠 못 이루며 조용히 불안을 품고 있었고, 슬롯스가탄의 우리집으로 돌아오자 그 불안은 과열된 광기가 되어 폭발했다. 유아차를 밀며 산책을 하다가도 누군가 자기를 쳐다본다 싶으면 소리를 질렀고, 침실 창문을 커튼으로 모두 가리고 어둠 속에서 몇 시간이고 울다가 아무 일 없었다는 듯 다시 밖으로 나왔다. 아버지와 나는 젖병 수유, 긴 산책, 그리고 비르기테를 달래 아버지가 아는 의사에게 데려가 수면제를 처방받게 하는 데 도가 텄다. 식사와 수면. 아버지 군대 동기의 부친인 그 의사가 강조했다. 식사와 수면, 그리고 안정적인 생활습관과 산책, 가족과 친구들의 이해심만이 도움이 되는 방법이라고 했다. 사실 그의 말에 따르면 피해야 할 것은 딱 하나뿐이었고, 그건 당시 제공되던 정신병원 입원 치료였다. 비르기테와 같은 증상을 앓는 사람들을 모아놓은 그런 곳에 가면 다시 나오는 경우가 드물기 때문이었다. 한번은 상담이 끝나고 나서 의사가 아빠를 따로 불렀다. 나는 문 옆에 놓인 유아차 안에서 잠들어 있었고, 비르기테는 내 위로 몸을 숙여 뭔가 확인하고 있었다. 의사는 "아이와 단둘이 있으면 안 됩니다"라고 말했다. 비르기테를, 지저분하게 엉켜 있는 머리, 선홍색 숄과 원피스, 굽 높은 겨울 부츠, 정리 안 된 손톱, 화장으로도 가려지지 않는 얼굴의 경련을 바라보는 두 남자의 시선이 어땠을지 상상이 간다. 마치 외국에서 자국 전통 의상을 입은 사람처럼 오해의 여지 없이 누구나 알아볼 수 있는 광기였고, 당시 찍은 사진들(사진작가였던 아버지는 카메라를 손에서 내려놓는 일이 없었다)을 볼 때면 비르기테의 시선과 손톱, 치렁치렁하고 현란한 옷차림으로 "아, 그때구나" 하고 시기를 파악할 수 있었다. 이사 전 첫 겨울에는 상황이 조금씩 나아졌다. 아버지는 내가 잠들 때까지 몇 시간씩 내 콧등을 쓰다듬으며 옆에 누워 있곤 했다. 내 요람은 아버지가 밤에 사진을 인화하거나 복사할 때 암실로 사용했던 화장실 바깥에 있었다. 아버지는 유명한 사진작가의 조수였고, 우리가 살던 집을 얻은 것도 그 사람 덕분이었다. 비르기테는 밤

새도록 그리고 오전 내내 잤고, 일어나면 그날의 상태에 맞춰 적당한 외부 활동을 했다. 주로 산책을 하거나 카페에 가는 게 다였지만, 건강이 나아지면서 지인들과의 왕래도 시작했고, 시간이 지나자 남들이 나를 안거나 데리고 다른 곳으로 가도 괜찮은 정도가 되었다. 아버지의 팔이 비르기테의 어깨에 둘려 있을 때면 불안을 조절할 수 있었다. '조절'이라기보다는 '감당'이 더 나은 표현일 수도 있고, '견뎌냈다'고 해야 할지도 모르겠다. 몸은 계속 긴장에 굳은 상태로 모서리에 너무 가까이 놓인 유리잔, 식탁 위에 아무렇게나 놓인 칼, 불이 붙은 채 재떨이에 놓인 담배, 남의 집 정원 산울타리 사이에 뻥 뚫린 공간 등에서 일어날지 모를 사고를 찾아내려 주위를 면밀히 주시하고 있었으니까. 평생 동안 비르기테에게 이 세상은 본인은 물론 모두에게 위험한 곳이었고, 참을 수 없는 곳, 인간을 위한 배려가 전혀 없는 곳이었다. 불확실한 것이 너무도 많았다. 미래, 잘못될 수 있는 모든 일, 떨어지거나 부서지거나 화재를 일으킬 수 있는 모든 것, 언제든 터질 수 있는 사고들, 강도, 충돌, 홍수, 열병, 그리고 종말까지. 불안의 주요 임무는 두려움이 시키는 대로 앞서 달려가 사고를 방지할 수 있도록 모든 것을 확인한 후 그 가능성을 내포한 부분을 파악해두는 것이다. 이는 끝없이 반복되는 과정이어서 결국 삶과 하나가 된다. 어릴 때 배를 빌려 섬으로 놀러가면 나는 가끔 비르기테를 관찰했다. 해를 바라보며 바위 위에 앉아 있으면서도 눈을 감고 있는 시간은 몇 초뿐이었고, 자발적 선택이 아니라 마치 내면의 무언가가 내린 지시에 응하듯 이내 다시 고개를 들어 찡그린 눈으로 주위를 재빨리 둘러보았다. 평온한 순간은 허락되지 않았으며, 비르기테는 세상일이 손에서 벗어나지 않도록 언제나 곳곳을 통제해야 했다. 불안장애를 가진 이들이 힘들어하는 건 아마 그 때문일 것이다. 인생은 본질적으로 통제가 불가능하니까.

첫 겨울, 비르기테는 지하세계의 문턱까지만 갔다가 곧바로 다시 돌아왔다. 인생은 여전히 내면의 싸움을 부추기는 경기장이었으나, 고함과 광기, 어쩔 줄 모르는 시선, 가만있지 못하는 더러운 손가락, 늘 피부밑에 도사리며 긴장을 늦추지 못하게 하는 망상은 사라졌다. 우리는 스톡홀름(아버지가 잡지사 일자리를 얻은 곳)으로 이사했고, 보육 시설과 직장(비르기테는 문학 교사였다), 시위, 파티, 하가공원*에서 브렌볼**을 즐기는 소풍까지, 훨씬 편안한 삶이 시작되었다. 사진만 봐도 "아, 그때가 좋았지" 하고 금방 알아볼 수 있는 시기다. 평화! 현수막이 걸린 시내 거리 한가운데 유아차에 앉아 있는 나, 화장기 없는 얼굴에 편한 바지, 배낭 차림으로 유아차를 밀며 같은 성향의 사람들 속에서 편안한 미소로 카메라를 바라보는 비르기테. 우리는 솔나에서 콕스가탄으로, 야콥스베리에 있는 친할머니 댁으로, 살렘에 있는 단독주택으로, 이어서 헬싱에가탄으로, 다음에는 크로노베리스파르켄으로 스톡홀름 곳곳을 옮겨다녔고, 마침내 파르스타에서 나와 내 동생을 맡길 어린이집을 찾아 그곳에 정착했다. 지인 모임에서는 항상 활발한 토론이 이뤄졌다. 소련과 중국 공산주의를 싫어했던 아버지는 만나는 사람이 설령 공산주의자라고 해도, 어쩌면 공산주의자에게 더더욱 그 의견을 피력했고, 항상 새벽까지 격렬하게 이어지는 갑

---

* 스톡홀름 북쪽 외곽에 위치한 공원으로 수려한 자연 경관과 다양한 사적지로 유명하다.
** 길고 납작한 나무 방망이로 공을 치는, 야구와 유사한 스웨덴의 스포츠.

론을박의 중심에 있었다. 아버지는 조용히 있는 법이 없었고, 그럴 수도 없었으며, 공산주의에 관해서라면 특히 더 그랬다. 반대파 숙청 없이 현실에 적용할 수 없는 사상이라면 경멸당해 마땅하다는 게 아버지의 주장이었고, 공산주의라는 이름하에 감옥에 갇히고, 살해당하고, 굶어죽는 사람의 수가 터무니없이 많은데도 불구하고 그런 사상을 최고라 여기는 추종자가 그렇게나 많다는 사실에 경악했다. 아버지는 그 점을 매우 강조했고, 밤이 깊어질수록 더 뜨거운 열정으로 장황한 설명을 이어갔다. 이론상으로는 공산주의도 괜찮은 생각이니 그것만으로도 가치가 있다는 일반적인 의견에 맞서는 걸 그 무엇보다 즐겼다("보기에는 괜찮지만 누가 건너가기라도 할라치면 무너져버리는 다리 같은 게 바로 이 공산주의야"). 그게 바로 당시의 부모님을 생각할 때면 떠오르는 장면이다. 옥수숫대로 만든 지저분한 파이프를 물고 소파에 앉아 있는 아버지는 격렬한 생기와 정치적 열성이 넘치며, 보통 사람이라면 진저리를 칠 만큼의 인원과 혼자 토론을 벌이면서도 당당하다. 그리고 그뒤로는 배경 속에 너무나도 잘 녹아든 나머지 찾기도 쉽지 않은 비르기테가 있다. 자기 의견을 피력하거나 남의 의견에 반대하고자 언성을 높이는 법이 절대 없고 반항아 중의 반항아인 아버지처럼 될 용기도 없는 비르기테. 주로 직전에 나온 의견에 동조할 때만 입을 열었고, 다른 사람의 말에 좀더 일리가 있어 보이면 언제든 생각을 바꿀 준비가 되어 있었으며, 발언할 때는 모든 상황에 맞게 해석될 수 있도록 항상 적당히 애매하게 여지를 두었다. 그 어떤 경우에도 불쾌감이나 갈등 상황을 조성하지 않도록 조심했기에, 늘 주변의 심기를 건드리는 아버지의 태도에 대한 반감도 컸다. 파티 초반, 손님들은 담배를 피우거나 음식을 먹고, 나와 내 동생은 다른 아이들과 함께 다른 방에서 놀고, 식탁에 와인 여러 병이 올라가 있을 때쯤엔 아버지의 의견이 흥미를 돋우는 역할을 했다. 아버지는 지인 사이에서 사교적인 지식인으로 정평이 나 있었고, 재미있는 일화도 많았으며, 실력 있는 사진작가였다. 저녁이 밤으로 이어질 때쯤, 담배 연기가 자욱해지고 아이들은 바닥이나 침대에 누워 만화책을 읽고, 주종이 캄파리와 진으로 바뀌며 빈병들이 찬장 아래를 꽉 채울 때쯤엔 토론이 한층 더 열기를 띠었다. 구레나룻 있는 그 사진작가,

혹시 부르주아였나? 이때쯤 되면 나와 내 동생은 어느 침대에선가 꼭 끌어안고 저녁 내내 아무도 모르게 우리를 주시하던 비르기테의 눈빛을 느끼며 곧 잠이 들었다. 누군가는 손을 번쩍 쳐들고 축음기가 있는 책꽂이 옆에서 춤을 추기 시작했고, 아버지는 주방 소파에 앉아 사상적으로 대립하는 이들이 사정없이 퍼부어대는 반대 의견 앞에서도 굳건한 태도를 유지했다. 아버지는 그때 이야기를 꺼낼 때면 당시에는 사람들의 말과 신념이 밑도 끝도 없이 어리석었다고 한다. 올해로 여든셋인 아버지는 그때보다 미묘하고 구체적이긴 하지만, 여전히 정치적으로 좌파("요즘 그 말이 뜻하는 바가 무엇이든") 성향이고 그 시기의 가장 주요한 변화이자 지금까지 보존된 유일한 성과는 정치적 이슈나 정당 정치, 심지어 투쟁이 아니라 사람 대 사람의 관계, 그때 새롭게 확립된 대화 방법이라고 믿는다. 가정집 청소일을 하는 홀어머니의 아들인 아버지가 건축가의 아들, 교사의 딸과 논쟁을 벌이거나 욕을 할 수도 있고, 그걸 사과할 필요 없이 서로 동등한 위치를 공유하는 현실 말이다. 아버지는 병원에 갈 때면 항상 가장 좋은 옷을 차려입고, 사회적 지위가 높은 이웃이 엘리베이터를 기다리고 있으면 계단으로 올라갔다는 할머니 이야기를 종종 꺼내며 요즘 시대에 나나 아버지가 그런 행동을 한다면 얼마나 이상하겠냐고 조심스럽게 덧붙이기도 한다. "이거야말로 우리 시대가 남긴 업적이지. 진정한 혁명이야"라는 말도 함께. 아버지의 오랜 친구들은 치매를 앓거나 사망했지만 아버지는 혼자서든 아직 예순 살밖에 안 된 아내를 상대로든 대화를 이어가고, 〈타임〉과 〈이코노미스트〉를 구독하고, 라디오 다큐멘터리를 듣고, 책도 읽는다. 지금은 스톡홀름 외곽 뢴닝에서 작은 마당이 딸린 집에 살며 매일이 좋은 날이라고 한다. 우리는 더이상 비르기테 이야기를 하지 않지만 아버지는 비르기테가 종내 마음을 연 유일한 사람이었다. 비르기테의 장례식을 치르고 난 몇 주 후 아버지는 비르기테에 관해 당신이 아는 모든 것, 모든 재앙, 비르기테가 아버지를 믿고 털어놓은 모든 비밀을 내게 말했다. 이혼한 지 십오 년이 넘었어도 비르기테의 인생이, 살기도 했지만 엎질러버리기도 했던 그 인생이 안타까워 눈물을 흘리면서.

관련 기사를 읽다보면, 불안이 인류 역사 전반에 걸쳐 유용한 역할을 했기에 본성의 일부로 진화했다는 내용을 자주 접한다. 불안은 불이 잘 꺼졌는지, 자식들이 여전히 숨을 쉬고 있는지 확인할 동기를 부여했고, 스스로와 타인을 지키는 법을 가르침으로써 모두를 보호했다. 간단한 솎아내기 방법이기도 했다. 석기시대에 긴장을 늦추지 않고 숲에 포식자가 있는지 살피던 이들은 생존했고, 나무 사이를 부주의하게 돌아다니던 이들은 잡아먹혔다. 현재를 사는 우리는 걱정 많았던 조상의 후손이다. 스콕쉬르코고르덴 묘지에 안장된 비르기테를 만나러 갈 때면 불안이 없는 비르기테의 삶은 어땠을지 궁금해지지만, 그건 날씨 없는 날을 상상하는 것만큼 어려운 일이다. 평생 그녀와 함께한 그 생존 기제는 방패인 동시에 장애가 되었으며, 사소한 기능이 걷잡을 수 없이 폭주한 것이었다. 왜 그런지는 알 수 없어도, 비르기테의 외로운 무덤에 와 있으면 유난스럽던 보살핌과 나직한 한숨, 마음의 온도에 따라 달라지는 듯한 멜로디를 끊임없이 작게 흥얼거리던 모습이 더욱 생생하게 다가온다. 친구들이 집에 놀러오면 나는 비르기테가 없는 듯 행동했다. 그편이 훨씬 쉬웠다. 같은 반 친구들도 각자의 부모 문제가 있는 경우가 많아서 대부분 비슷했다. 대낮부터 취해 소파에 널브러져 있는 엄마나 손님이 오면 소리를 지르는 엄마, 다양한 방식으로 폭발하는 엄마, 직장 일과 말 안 듣는 아이들 때문에 다 포기하기 직전인 엄마, 학부모 상담에서 울음을 터뜨리는 엄마, 아니면 그냥 단순히 구식이고 냄새가 이상한 엄마, 아이들 머리를 잡아당기는 아빠, 몰래 여러 살림을 차린 아빠, 아니면 갑자기 아파서 가을이 다 지나기도 전에 죽은 아빠까지. 그 당시로서는 정상 범주에 들어가는 일이었다. '정상', 그 단어를 몹시도 싫어한 아버지는 혐오감을 담아 우스꽝스럽게 강조해서 발음하곤 했다. 비르기테가 결코 '정상'이 아니었던 말뫼에서의 그 첫 겨울에 아버지는 시선을 더 넓힐 수밖에 없었을 것이다. 아버지는 자신이 살아온 시대에 비해 사고가 열려 있는 분이었다. 늘 그저 어깨만 으쓱하며 몸을 기울여 내 말을 경청했다. 섣부른 판단도 드물었고, 비난하는 일은 결코 없었다. 아버지는 입에 파이프를 문 채 모든 주제로 대화할 수 있었고, 받아들일 준비가 되어 있었던 만큼(양성애, 음주) 싸움도 마다하지 않았다(마약, 학교 결석). 십대 시절 나와 내 동생의 이야기를 들어줄 사람은 아버지뿐이어서, 우리는 오직 아버지에게만 반항했다. 비르기테는 자신의 내면 어딘가로 떠나 있었고, 그 수줍음 가득한 눈을 보고 화를 낼 수 있는 사람은 가족 중 아무도 없었다. 갈등은 아버지에게 떠넘기고 비르기테는 침실에서 자기 할일을 하거나 책을 읽었다. 내 기억으로는 심리학자 웨인 다이어의 『행복한 이기주의자』가 침대 옆 탁자에 놓여 있었고, 이 책은 이후 책꽂이 한쪽의 비르기테 전용 공간으로 자리를 옮겼다. 아버지에게는 예란 툰스트룀이 단연 1순위였고, 군나르 에켈뢰프도 마찬가지여서 내가 글을 깨우치자마자 그의 작품들을 읽게 했다. 그 외에는 그레이엄 그린, 헤밍웨이, 스타인벡, 에위빈드 욘손, 셀마 라겔뢰프, 사진집, 두 줄로 겹쳐 꽂아둔 에드 맥베인, 그리고 아버지가 사랑해 마지않은 스벤 린드크비스트의 작품 대부분이 있었다. 아버지가 다 읽자마자 건네준 린드크비스트의 『어느 연인의 일기 En älskares dagbok』는 나를 새로운 유의 언어에 눈뜨게 해주었다. 그 책을 받을 당시 나는 이 세상 전반에 불만이 가득한 십대 초반이었고, 그 전날에는 이웃이 벽을 두드릴 때까지 아버지와 싸웠다. 다음날 아침이 되자 책 한 권이 식탁에서 나를 기다리고 있었고, 대여 기간은 지금까지 이어져 여전히 주인에게 반납되지 않고 내 책꽂이에 꽂혀 있다. 그날의 감정은 그날 정리하고 끝내는 아버지에게는 매일이 새로운 날이었다. 어수선하면서도 반쯤은 가지런한 책꽂이는 비르기테와 아버지가 함께 쓰는 공간이었지만, 어느 날 비르기테가 책꽂이 한쪽을 정리하더니 드로트닝가탄가의 물병자리라는 가게에서 사온 음양 기호 모양의 북엔드를 놓아 새 구역을 만들었고, 『행복한 이기주의자』는 그곳에 입성한 첫 책이 되었다. 책꽂이와 비르기테에게 도래한 이 새로운 시대는 카를 융과 아서 자노브, 에리히 프롬, 점성술, 자석, 크리스털, 타로로 점철되었고, 어느 한 이론도 다른 이론을 부정하지 않고 공존했다. 비르기테는 꿈 해석가를 찾아가고, 아유르베다*식 마사지를 받고, 우리가 저녁을 먹는 동안 날것 그대로의 뿌리채소를 갈아 먹고, 줄에 매단 둥근 물체를 몸 위에 흔들며 장기에 질문하는 남자에게 거액을 썼다. 그 추를 통해 장기가 자신의 불균형

---

* 우주와 인간을 연결해 고찰하는 고대 인도의 전통 의학. 일상에서 심신의 균형을 유지해 건강한 삶을 살도록 한다.

을 직접 설명한다고 했다. 스톡홀름에서 남쪽으로 한참 떨어진 욀란드에서 주말을 보내며 진흙과 아보카도를 온몸에 바르는 체험을 한 적도 있었다. 덴마크 유틀란트반도까지 가서 아프리카 전통 춤과 해방의 춤을 추거나, 색깔 강의를 듣고 몇 주 동안 노란색 옷만 입기도 하고, 어느 대가를 초대해 기氣 감정을 받고, 중국에서 공수한 지푸라기 냄새가 나는 가루로 음료를 만들어 마시고, 영매를 찾아가고, 아침에 내가 학교에 갈 때면 손가락으로 내 이마 위에 작은 동그라미를 그렸다. 말릴 생각은 해본 적조차 없었다. 비르기테의 말에 따르면 전갈자리인 나는 뭐든 마음에 안 들어하는 까칠한 성향이었고, 그 예언이 맞는다는 걸 몸소 보여줄 생각은 없었다. "차크라의 균형이 다 깨졌네"라든가 "월요일은 음기가 강한 날이야"와 같은 말에 가족 중 누구도 토를 달지 않았다. 비르기테는 아침의 상서로운 기운에 방해가 된다며 신문 읽기도 중단했다. 어느 지인 집의 지하실에서 열린 교령회에 참석해서 체내에 있는 뭔지 모를 독소를 제거하는 치료법이라며 외국에서 수입한 살아 있는 달팽이들을 몇 시간이나 등에 붙여두었다. 몇 주씩 단식하고, 관장

요가를 하고, 소금물로 코를 헹구고, 내 손이 건조하면 코코넛 오일을 발라주기도 했다. "약국에서 파는 건 다 독이야." 이 시기의 사진은 금방 알아볼 수 있다. 잉아뢰섬에 별장을 빌려 여름을 보내고 초가을을 맞을 무렵, 헤나로 염색한 부스스한 머리의 비르기테는 어깨에 패드가 들어간 스웨이드 재킷을 입고 음양 기호 목걸이를 하고 있다. 언제든 이 음양 기호와 함께였는데, 나는 그게 무슨 의미인지 만족할 만한 설명을 들은 적이 없었다. 그로부터 약 십 년 후 소련과 몽골을 지나 베이징까지 기차로 횡단했고 동남아시아에서도 팔 개월을 머물렀지만, 이 기호가 비르기테와 같은 외국인들을 대상으로 한 기념품이 아닌 다른 용도로 쓰이는 경우는 단 한 번도 보지 못했다. 당시 찍은 사진 속 비르기테는 몇 주 동안 과일을 제외하고는 아무것도 먹지 않아서 핏기가 없어 보인다. 여름이 끝나가고 있었고 잉아뢰섬의 별장을 떠나야 할 때였다. "아, 그때." 사진 중앙에는 기타를 들고 안락의자에 앉아 있는 동생이, 그 옆에는 분명 창틀에 올려두었을 카메라의 리모컨을 손에 쥐고 있는 아버지가 있고, 비르기테는 마치 현실을 벗어나려는 듯 다른 생각을 하는 눈빛이다. 빠뜨리는 물건 없이 다 챙겨서, 모두 안전벨트를 잘 착용하고 주차 위반 벌금을 물지 않게 주차할 자리도 찾으면서 사고 없이 무사히 집으로 돌아갈 생각에 벌써 걱정이 앞섰는지도 모른다. 사진의 배경에는 찍히지 않으려고 피하던 내 모습이 보인다. 검은 천 슬리퍼를 신고 손에는 두껍고 해진 『천국의 겨울Vinter i paradiset』을 들고 있다. 울프 룬델처럼 자연을 묘사할 수 있는 사람이라면 이 세상에서 다른 일은 아무것도 하지 않아도 된다. 이 시기의 비르기테는 스스로를 '찾는 사람'이라고 했고, 나중에는 찾던 걸 찾았다고도 주장했던 것 같다. 진정으로 마음을 다해 무언가를 찾는 사람이라면 대부분 언젠가 무엇이든 찾기 마련이라고 생각한다. 스스로를 알고 거울 속 익숙한 얼굴 뒤 자아를 찾고자 하는 진지한 욕구에서 시작된 진정성 있는 탐색이라면 말이다. 스스로를 '찾는 사람'이라고 부르든 부르지 않든 이제껏 그런 이들을 많이 만나봤고 나도 그중 하나라고 여기지만, 비르기테에게 그 과정이 도피, 가식, 또다른 피상적인 삶의 방식 이상의 의미가 있었다고는 믿지 않는다. 여기서 내가 사용한 '피상적'이라는 단어는 '평범한'보다는 '무능한'에 가까운 뜻으로, 자신의 진짜 모습에 충실할 수 있는 능력의 부재를 의미한다. 심한 불안에 시달리는 사람이라면 누구나 그러듯 비르기테도 자신의 세상이 요동치지 않게 붙들고 있으면서 잠재적 위험을 걱정하느라 끊임없이 표면을 향해 떠올랐다. 불안 때문에 표면적인 삶을 살아야 했고, 본인 의지와는 상관없는 일이었으니 그렇게 보면 평범했다는 표현이 맞을 수도 있겠다. 더 깊이 내려가려면 삶에 대한 통제권을 놓아야 했고, 쉬지 않고 시공간을 감시하는 일을 포기해야 했으며, 그 대신 자신이나 타인의 내면, 또는 깨지고 갈라진 인생의 수많은 틈으로 곤두박질쳐야만 했다. 비르기테는 한동안 찾아가던 라르스오케라는 신부와도 이런 얘기를 나눴던 것 같다. "진정으로 영혼을 돌보는 분이셔, 너도 알아둬." 비르기테의 믿음은 신과 예수와 별자리, 기와 크리스털, 영매와 돌과 치유의 진흙에 이르기까지 제멋대로였지만, 어떤 모순도 눈에 들어오지 않았다. 비르기테가 보기에는 모든 것이 조화를 이루었고, 뭐든 효과만 있으면 상관없었다. 그걸 라르스오케가 어떻게 생각했는지는 모르지만, 비르기테의 장례식 전에(비르기테의 요청으로 그분이 장례를 집전했다) 만났을 때는 다 알고 있지만 말할 수 없다는 표정으로 나를 바라보았다. 장례식에서 내가 추모사를 끝낸 후에는 따뜻한 손길로 내 어깨를 다독였다. 그가 "외모 말고는"이라고 말을 꺼냈을 때 나는 뒤에 이어질 내용을 알고 고개를 끄덕였다. "어머니를 전혀 닮지 않았군요."

비르기테의 끝은 예상보다는 괜찮았지만 그래도 끔찍했다. 항불안제인 벤조디아제핀을 과다복용하는 바람에 몇 달간 상태가 급격히 악화했다. 점심때가 지나면 눈이 흐려졌고, 풀린 동공은 갈 곳 없이 헤매다 또 몇 시간이고 침대 옆 벽지의 무늬를 응시하곤 했다. 비르기테가 마지막으로 만나던 남자인 페테르가 손을 잡아주고 말을 걸어도 아무 대답이 없었다. 페테르는 그래도 개의치 않는 것 같았다. 세상을 떠나기 몇 주 전부터는 언어 능력에 이어 시력까지 잃고 그냥 침대에 누워 중얼거리는 것이 전부였으나, 내 목소리가 들리면 그 즉시 손을 힘차게 흔들었다. 하고 싶은 말이 있었는지도 모르겠다. 나는 비르기테의 침대 옆에 앉아 전 세계 문학과 영화의 역사 전반에 걸쳐 수없이 등장하는 장면, 마지막 순간에 마음을 열고 중요한 말을 하거나 그동안의 일을 설명하거나 "날 용서해" 같은 가슴이 따뜻해지는 말을 하는 장면을 머릿속에 떠올렸다. 지금 내가 놓인 상황을, 너무 늦어버렸고 모든 게 아무 의미 없었으며 우리 사이에 마지막까지 남은 공허마저도 설명하거나 형언할 방법이 없다는 느낌을 담아낸 작품은 드물었다. 그 어떤 마무리도, "날 용서해"란 말도 없었다. "날 용서해"란 말을 할 이유가 있었을지, 한다면 누가 해야 했을지는 아직도 모르겠다. 비르기테의 숨결은 마지막까지 초조했고, 불안은 맨 마지막으로 비르기테의 몸을 떠났다. 그러나 그 직후, 페테르가 간호사에게 임종을 알리러 간 사이 내 곁을 스쳐지나가는 한줄기 기운이 느껴졌다. 이제야 다 벗어던졌군요, 라고 생각했다.

비르기테의 벤조디아제핀 복용은 이혼 직후인 80년대 후반, 수면장애 치료를 받으라는 내 동생의 등쌀에 못 이겨 병원을 찾을 때부터 이미 시작되었다. 정신을 흐리게 하는 그 화학물질 안에 비르기테가 구하려던 답이 있기는 한 모양이었다. 한 상자에 100알씩 들어 있는 흰색의 동그란 알약은 즉시 비르기테의 친구가 되었다. 나중에 유품을 정리하면서 화장실 선반을 비울 때에야 여러 의사에게서 벤조디아제핀을 처방받았고, 심지어 더 사려고 노르웨이에 다녀오기까지 했다는 사실을 알게 되었다. 병원에 있는 비르기테의 모습이 그려졌다. 연약한 매력과 수줍은 눈빛, 아무렇지도 않게 슬쩍 언급하는 약 이름들, 주변 남자들이 늘 귀기울여 들어주던 간절함이 담긴 목소리. 비르기테는 지속적인 보호를 확보하는 게 무엇보다 절실함을 잘 알고 있었고, 만나는 남자들 대부분은 그들의 처지가 허락하는 선에서 기꺼이 그 필요에 부응했다. 공식적으로 이혼 절차가 끝나자 비르기테를 지켜주고 사랑해주겠다는 남자들이 줄을 서서 구애했다. 이들은 미혼이거나 최근에 헤어졌거나 일부는 여전히 유부남이기도 했으며, 비르기테의 친구들이 줄기차게 끌고 다닌 술집과 식당에서 알게 된 사이였다. 그때의 비르기테는 예전만큼 사랑스럽진 않았어도, 돕고 힘을 주고 이끌고 이해하고 싶은 남자들의 본능을 자극하는 매력은 그대로였다. 당시 나는 독립한 이후라 비르기테를 자주 보진 않았지만, 동생에게서 아침에 주방에 갔다가 요거트를 먹고 있는 남자와 마주쳤다든가, 밤에 초인종이 울리길래 문을 여니 꽃다발을 든 남자가 서 있었다든가 하는 이야기를 전해들었다. 까다롭게 고를 수도 있었겠지만 아마 비르기테는 그러지 않았을 것이다. 관계가 한 달쯤 이어질 때도 있었고, 밤을 보내고 식탁 위 화병에 꽃만 남겨놓은 채 슬며시 떠나버린 남자들도 있었다. 구혼자들이 앞다투어 마음을 얻으려고 경쟁했으니 지금 생각하면 비르기테가 유리한 위치에 있었다고 할 수도 있겠지만, 그들의 보호에는 당연히 조건이 붙었다. 조항이 따르는 선의였다. 비정상적, 병적, 원초적인 광기처럼 보일 수 있는 불안증을 앓으면서도 비르기테는 우리 가족, 즉 본인과 내 동생, 나, 아버지를 벗어난 곳에서는 이를 정상 범주 안에 들도록 다스릴 줄 알았다. 자신의 아슬아슬한 상태를 정상으로 보이게 하려는 노력은 평생의 과제였고, 타인의 사랑을 얻을 수 있게 하는 중요한 조건이었다. 약을 먹기 시작하자 불안을 다스리기가 쉬워졌고, 이후로 비르기테는 약을 끊으려 하지 않았으며 끊을 수도 없게 되었다. 이혼 후 일 년이 지나 어느 저녁 파티에서 만난 페테르에게는 그날 밤에도, 그뒤로 이어진 여러 밤에도 비르기테의 불안한 눈이 보이지 않았고, 그는 그럼에도 비르기테를 아꼈다. 둘이 스페인령 그란카나리아섬으로 여행을 떠났을 때 찍은 사진 속 비르기테는 카메라를 향해 환하게 웃고 있다. 아마도 자동 초점 기능과 줌 기능, 내장 플래시가 있는 은색의 소형 카메라를 가져가 지나가는 사람에게 찍어달라고 부탁했을 것이다. 사진 속에서 둘은 식당에 앉아 있거나 뒤로 바다가 보이는 해변에 있거나 절벽에 서 있다. 마치 햇살이 화창한 휴양지라는 공동의 상상이 그려낸 장소에서 찍은 것처럼 그런 곳을 배경으로 한 수많은 다른 사진들과 너무 비슷해서 헷갈릴 지경이다. 사진 속 비르기테는 좀더 살이 붙은 체구에 염색한 머리를 높이 틀어올렸고, 페테르는 비르기테가 갑자기 넘어지거나 몸을 가누지 못할 경우를 대비라도 하는 듯 주로 그 뒤에 비스듬하게 서 있다. 비르기테가 만난 모든 남자 중 페테르는 가장 안정적이고 경제적으로도 자유로웠으며, 호들갑 떨지 않는 성격에 자식들은 모두 장성했고, 짧게 다듬은 곱슬머리는 숱도 풍성했다. 두 사람이 결혼을 고려할 때쯤 비르기테가 처음으로 크게 앓았다. 엄청난 불안 발작 때문에 작고 하얀 알약 친구들은 전과는 다른 속도로 사라져갔다. 내가 만나러 갔을 때 비르기테는 소파에 막대기처럼 뻣뻣하게 앉아 극도의 공황 상태에 빠져 흐느끼고 있었다. 새천년을 반년 앞둔 때였고, 비르기테는 쉰다섯 살도 채 되지 않았다. 페테르가 등을 쓰다듬고 있었지만 그 손길을 눈치채지도 못하는 듯했다. "우리 같이 이겨나가자"라고 페테르가 말했고, 나는 비르기테와 "우리"가 되고 싶어하는 그에게 고마운 마음이었다. 비르기테가 페테르에게 뜨거운 사랑을 표현하는 모습을 본 적은 없지만, 그의 보살핌과 알약 친구들의 보호 덕분에 모든 상황을 이겨내고 다시 한번 살아남아 두번째이자 마지막 발작이 오기 전 몇 년간은 편안하게 보낼 수 있었다.

내가 딸을 낳았을 때(쇠데르 병원, 열아홉 시간 진통, 탯줄은 샐리가 잘랐다), 비르기테와 페테르가 다음날 병원으로 찾아왔고 아기는 비르기테의 팔에 안기자마자 잠이 들었다. 페테르는 내게 스페인 대서양 연안으로 다녀온 휴가 이야기를 들려주었지만, 비르기테는 아무 말도, 움직임도 없이 가만히 앉아서 잠든 아기를 내려다보고만 있었다. 첫아이의 첫아이를 품에 안는 일이 비르기테에게는 위안이었을지도, 잠깐의 휴식이었을지도 모른다. 마침내 어딘가에 발을 붙이고 시간에 말뚝을 박아서 종말의 그날을 조금이나마 미루었는지도 모른다. 딸과는 두어 해 정도를 함께했지만, 쌍둥이 아들들에게 비르기테는 비석 위 이름이자 내 침실 거울 한쪽 구석에 꽂힌 흑백사진 속 주인공일 뿐이다. 11월이 되면 우리는 초를 사 들고 스콕쉬르코고르덴 묘지 입구에서 샐리와 샐리의 아이들을 만나고(비르기테가 묻힌 곳에서 300미터 거리에 샐리의 아버지가 계신다), 함께 비석 사이를 걷노라면 지난 세월이 얇은 장막 뒤에서 우리 옆을 나란히 스쳐지나는 기분이 든다. 죽은 사람들에게는 더 이상 시간의 흐름이 중요하지 않고, 오직 순간들과 순간의 밀도, 어떻게, 왜, 그리고 누구와 관련된 것들만이 의미를 갖는다. 어렸을 때의 나는 더 많이, 더 멀리 여행을 떠나 외국에서 더 많은 시간을 보내고, 늘 정신없이 움직여서 세상 밖으로 나가야 진정한 삶을 살 수 있다고 생각했다. 하지만 시간이 흐르면서 내가 찾던 모든 것은 바로 여기, 나, 나를 둘러싼 내 주위, 돈을 벌려고 시작했지만 진짜 직업이 되어버린 일, 일상의 꾸준함, 시선이 가는 대로 따라가 머무를 때 마주치는 사람들의 눈빛, 그 안에 있었음을 비로소 깨달을 수 있었다. 열이 내린 후 오랜 상처가 마침내 터지고 피를 흘리듯 반가운 마음으로 다시 글을 쓰기 시작했다. 내가 묘사하려 했던 이들과 글에서 실제로 구현된 이들이 뒤섞인 불완전한 퍼즐이 될 것 같다. 샐리는 어느 무덤에선가 발걸음을 멈추고 커피가 든 보온병을 꺼내 주위에 잠들어 있는 모두를 위해 잔을 든다. "나중이면 너무 늦어." 이렇게 말하며 내게 보온병을 건넨다. "그러니 있는 힘껏 최선을 다해 살아야지."

옮긴이의 말

 기억의 순간들을 모은 얇은 소설. 어렴풋한 기억 속 파편처럼 잘린 사진이 장식한 표지. 그다지 강렬한 첫인상은 아니었다. 그런데 책을 열자마자 고열에 시달리며 현실인 듯 환상인 듯 줄타기를 하는 주인공의 이야기가 시작되었고, 조용했던 첫인상은 이내 뒤집혔다.
 이야기 속 시간은 직선이 아니라 회오리처럼 뒤섞이고, 기억은 사실과 감정, 현실과 환상의 경계를 자유롭게 넘나든다. 그 혼란스러움 속에서도 독자가 길을 잃지 않게 만드는 힘은 단연 작가의 문장력에서 나온다. 원제 'Detaljerna

(details)'에 걸맞게, 작가는 기억과 감정을 세밀하게 포착했다. 스웨덴 원서에서는 한 문장이 한 쪽의 3분의 1 가까이를 차지한 부분도 있을 만큼 전체적으로 긴 묘사가 많지만, 문장이 느슨하지 않고 정교한 리듬이 있어 오히려 더 깊이 빠져들며 집중할 수 있었다. 원서 그대로 긴 문장은 길게, 짧은 문장은 짧게 옮겨서 한국 독자들에게도 작가의 강약 조절이 고스란히 전해지도록 하는 데 주안점을 뒀고, 쉽지 않은 과정이었어도 그 역시 '기억의 순간'이 되어 이렇게 짧은 글로 돌아보는 날이 왔으니 원제와 한국어판 제목의 절묘한 조화도 새삼 마음에 든다. 물론 일부는 한국어로 옮기는 과정에서 부자연스럽게 늘어지지 않도록 어쩔 수 없이 다듬었지만, 최대한 흐름을 유지할 수 있게 도와주신 편집부에 다시 한 번 깊은 감사의 마음을 전한다.

살다보면 그때는 인생이 뒤흔들릴 것처럼 커 보이던 일들도 지나고 나면 의외로 작고 희미하게 남고, 심지어 완전히 사라지기도 한다. 그렇다면 결국 기억이란 시간 속에서 적당한 휘발과 왜곡을 거치고 남은 작은 입자일 테니, 기억의 강렬함을 책의 물리적 부피로 판단하려는 시도 자체가 얼마나 어리석었는지, 이 작품은 조용하지만 단호하게 일깨워주었다. 그래서 지금의 나를 골치 아프게 하는 일들도, 앞으로 다가올 알 수 없는 미래도 언젠가는 작은 기억 알갱이 하나로 남아 얇은 책의 한 장으로 정리된다고 생각하면 잠시나마 마음이 가벼워진다. 우리가 겪은 무수한 순간은 그 밀도와 그를 구성하는 요소로만 남아 의미를 갖게 되니 지금 이 순간 최선을 다해 살아야 한다는 메시지를 마지막 페이지에서 비로소 드러낸 것도, 각자 자기 위치에서 인생을 꾸리는 독자들을 다독이고 희망을 주려는 작가의 의도가 아닌가 싶다. 그러니 여러분도 어제, 오늘, 내일, 우리를 스치는 수많은 이들이 과연 어떤 흔적과 의미를 남길지, 그 순간은 나중에 어떤 빛을 발하며 나와 상대의 책을 장식할지 궁금한 마음으로 매 순간 최선을 다하길 바라며, 이번 작품을 마무리한다.

2025년 11월

우아름

옮긴이 우아름
건국대학교를 졸업하고 출판계에 몸담으며 좋은 책을 소개하는 일을 했다. 현재 캐나다에 거주하며 불한·영한 영상번역가로 활동중이다. 옮긴 책으로 『나, 프랜 리보위츠』 『아메리칸 서울』이 있다.

문학동네 세계문학
기억의 순간들

초판 인쇄 2025년 11월 13일 | 초판 발행 2025년 11월 28일

지은이 이아 엔베리 | 옮긴이 우아름
기획 송지선 | 책임편집 박효정 | 편집 송원경 윤정민
디자인 김문비 유현아 | 저작권 박지영 형소진 주은수 오서영 조경은
마케팅 정민호 서지화 한민아 이민경 왕지경 정유진 정경주 김혜원 김예진 이서진
브랜딩 함유지 박민재 이송이 박다솔 조다현 김하연 이준희
제작 강신은 김동욱 이순호 | 제작처 천광인쇄사(인쇄) 경일제책(제본)

펴낸곳 (주)문학동네 | 펴낸이 김소영
출판등록 1993년 10월 22일 제2003-000045호
주소 10881 경기도 파주시 회동길 210
전자우편 editor@munhak.com | 대표전화 031)955-8888 | 팩스 031)955-8855
문학동네카페 http://cafe.naver.com/mhdn
인스타그램 @munhakdongne | 트위터 @munhakdongne
북클럽문학동네 http://bookclubmunhak.com

ISBN 979-11-416-0282-6 03850

잘못된 책은 구입하신 서점에서 교환해드립니다.
기타 교환 문의 031)955-2661, 3580

www.munhak.com